D0915614

TAN VELOZ COMO EL DESEO

LaUrA EsQuIveL

TaN vELoZ cOmo eL DEseo

Editorial Sudamericana

Primera edición: septiembre, 2001

IMPRESO EN ESPAÑA

*Queda hecho el depósito
que previene la ley 11.723.*
© *2001, Editorial Sudamericana, S. A.*
Humberto I 531, Buenos Aires

ISBN: 950-07-2110-4

© *2001, Laura Esquivel*

A la memoria de mi padre,
Julio César Esquivel Mestre

El norte se siente, se impone, nos marca. No importa cuánto nos alejemos de su centro de gravedad, invariablemente seremos atraídos a su núcleo por una corriente invisible que nos jalará como la tierra a las gotas de agua, como el imán a la aguja, como la sangre a la sangre, como el deseo al deseo.

En el norte está mi origen, escondido en la primera mirada de amor de mis abuelos, en el primer roce de sus manos. El proyecto de lo que yo sería se concretó con el nacimiento de mi madre. Sólo tuve que esperar a que su deseo se uniera al de mi padre para ser atraída irremediablemente a este mundo.

¿En qué momento la poderosa mirada de imán del norte se unió a la del mar? Porque la otra mitad de mi origen proviene del mar. Del origen del origen. Mi padre nació junto al mar. Ahí, frente a las verdes olas, los deseos de mis abuelos se hicieron uno para darle a él cabida en este mundo.

¿Cuánto tiempo le toma al deseo enviar la señal correcta y cuánto pasa antes de que llegue la respuesta esperada? Las variables son muchas, lo que es innegable es que todo el proceso empieza con una mirada. Ella abre un camino, una vereda sugestiva que más tarde los amantes caminarán una y otra vez.

¿Habré presenciado la primera mirada de amor de mis padres? ¿Dónde estaba yo cuando eso sucedió?

No puedo dejar de pensar en todo esto ahora que observo la mirada perdida de mi padre que vaga inconsciente por el espacio. ¿Estará buscando otros universos? ¿Nuevos deseos? ¿Nuevas miradas que lo jalen a otro mundo? Ya no habla. No lo puedo saber.

Me gustaría enterarme de lo que escucha, de cuál es el llamado que espera. Saber quién lo jalará al otro mundo y en qué momento. ¿Cuál será la señal de partida? ¿Quién se la dará? ¿Quién lo guiará? Si en este mundo las mujeres somos la puerta de la vida, ¿lo seremos en el más allá? ¿Qué partera lo asistirá?

Me gusta creer que el incienso que mantengo encendido en la habitación, es el que está creando una trenza, un lazo, una cuerda por medio de la cual va a recibir la ayuda que necesita. El humo aromático y misterioso no para de hacer volutas en el aire, que se elevan al cielo girando en espiral, y no puedo dejar de pensar que están formando el cordón umbilical que va a conectar a mi padre con los estratos celestes para llevarlo de regreso al lugar de donde vino.

Lo que ignoro es de dónde vino. Y quién, o qué, lo espera en el más allá.

La palabra misterio me asusta. Para contrarrestarla me aferro a los recuerdos, a lo que sé de mi papá. Me imagino que él también está atemorizado, pues sus ojos ciegos aún no alcanzan a vislumbrar lo que le espera.

Si todo comienza con una mirada, me preocupa que mi papá no distinga otras presencias, que no desee dar el primer paso en otra vereda. ¡Ojalá que pronto pueda ver! ¡Ojalá que su sufrimiento termine! ¡Ojalá que un deseo lo jale!

Querido papi, no sabes lo que yo diera por poder iluminar tu camino. Por ayudarte en este tránsito como tú me ayudaste en mi llegada a este mundo, ¿te acuerdas? De haber sabido que tu tierno abrazo me sostendría, no me habría tardado tanto en nacer.

¡Pero cómo saberlo! Antes de verte a ti y a mi madre, todo era oscuro y confuso. Tal vez igual a como ahora se presenta tu futuro. Pero no te preocupes, estoy segura que allá donde vas, alguien te espera, como tú me esperabas a mí. No me cabe duda de que hay unos ojos que se mueren por verte. Así que marcha en paz. Aquí sólo dejas buenos recuerdos. Que las palabras te acompañen. Que las voces de todos aquellos que te conocieron resuenen en el espacio. Que te abran camino. Que sean ellas las voceras, las mediadoras, las que hablen por ti. Las que anuncien la llegada del padre amoroso, del telegrafista, del contador de historias, del de la carita sonriente.

La Cruela de 1910→1990

1910 - ? / Revolución Mexicana / 1915 (16)

1930's - Los cristeros; reparación... entre el gobierno y la iglesia

(abuela)
Itzel Ay

JESUSA ─┬─ LIBRADO CHI
(Blancos)   (mayas)

el más menor = Júbilo (11 otros hermanos)

Luz María
Lucha
Lascuráin

La narradora
Lluvia

I

Nació de buen humor y en día festivo. Fue recibido por toda la familia, que se encontraba ahí reunida con motivo del festejo. Dicen que su madre se rió tanto con unos de los chistes que se contaron en la sobremesa, que se le rompió la fuente. Primero creyó que la humedad que sentía entre las piernas era orina que no había podido contener a causa de la risa, pero pronto se dio cuenta de que no era así, que ese torrente era la señal de que su doceavo hijo estaba a punto de nacer.

Entre risas se disculpó y se dirigió a su habitación. Después de haber pasado por once partos anteriores, este último sólo le tomó unos minutos. Dio a luz un niño que, en lugar de llegar a este mundo llorando, llegó riendo.

Después de asearse, doña Jesusa regresó al comedor y les dijo a sus parientes:

—¡Miren lo que me pasó!

Todos voltearon a verla y ella aprovechó el momento para

mostrarles el pequeño bulto que traía entre los brazos, mientras les decía:

—De tanta risa, se me salió el niño.

Una sonora carcajada inundó el comedor y todos aplaudieron con entusiasmo la ocurrencia. Su esposo, Librado Chi, con los brazos en alto, exclamó:

—¡Qué Júbilo!

Y así le pusieron por nombre. La verdad, no podían haber elegido uno mejor. Júbilo era el digno representante de la alegría, del gozo, de la jovialidad. Ni siquiera cuando años más tarde se quedó ciego perdió su sentido del humor. Parecía como si hubiera nacido con el don de la felicidad. Y no me refiero a su capacidad para ser feliz, sino para dar felicidad a todos los que lo rodeaban.

Adondequiera que iba, un coro de risas lo acompañaba. No importaba qué tan pesado estuviera el ambiente, su llegada, como por arte de magia, aliviaba la tensión, tranquilizaba los ánimos y provocaba que hasta el más pesimista comenzara a ver el lado amable de las cosas, como si aparte de todo, contara con el don del apaciguamiento.

Bueno, con la única persona con la que fracasó su don fue con su esposa, pero ese caso aislado constituyó la excepción que confirma la regla.

En general, no había persona que pudiera resistirse a su encanto y buen humor. Inclusive Itzel Ay, su abuela paterna, a la que la boda de su hijo con una mujer blanca había dejado con el ceño fruncido de por vida, comenzaba a sonreír en

14

cuanto lo veía. Por lo mismo, lo llamaba *Che'ehunche'eh Wich* que en maya significa: el del rostro sonriente.

Entre doña Jesusa y doña Itzel nunca hubo una buena relación hasta que Júbilo nació. El motivo era racial. Doña Itzel era ciento por ciento de origen maya y desaprobaba la mezcla de su raza con la sangre española de doña Jesusa. Por muchos años evitó visitar la casa de su hijo. Sus nietos crecieron sin que ella estuviera muy al tanto. Su rechazo era tal, que cantidad de tiempo se negó a cruzar palabra con su nuera, argumentando que ella no sabía hablar español.

Doña Jesusa se vio forzada a aprender maya para poder comunicarse con su suegra, pero encontró muy difícil practicar un idioma diferente al suyo al mismo tiempo que atendía a doce hijos, por lo que el diálogo entre ambas era poco y malo.

Fue hasta que Júbilo nació que la situación cambió. La abuela empezó a frecuentar nuevamente la casa de su hijo pues deseaba con toda el alma estar cerca de ese niño, cosa que nunca le pasó con sus demás nietos, como que nunca le llamaron mucho la atención. En cambio, desde el primer momento en que vio a Júbilo, quedó fascinada con su rostro sonriente.

Júbilo llegó a esa familia de pilón, como un regalo del cielo que ya nadie esperaba. Un regalo bellísimo pero que no sabían dónde poner. La diferencia de edades que había entre él y sus demás hermanos era de muchos años y esto hacía que Júbilo funcionara como hijo único. Es más, sus compañeros de juego fueron los sobrinos de su edad, pues varios de sus hermanos ya estaban casados y, a su vez, tenían hijos. Como su madre tenía que ejercer al mismo tiempo el papel de madre, esposa, abuela, suegra y nuera, Júbilo se vio forzado a pasar mucho tiempo en compañía de la servidumbre, hasta que su abuela lo adoptó como nieto consentido. Juntos compartían la mayor parte del día, ya fuera paseando, jugando o conversando. Por supuesto, la abuela utilizaba el maya para comunicarse con su nieto, lo que provocó que desde muy temprana edad Júbilo se convirtiera en el primer nieto bilingüe que doña Itzel tenía. Y por lo mismo, desde los cinco años de edad, el niño se encargó de prestar sus servicios como intérprete oficial de la familia. Cosa bastante complicada para un niño pequeño que tenía que distinguir que, cuando doña Jesusa hablaba del mar, se refería al mar que estaba frente a su casa y en donde toda la familia se bañaba; en cambio, cuando doña Itzel mencionaba la palabra *K'ak'nab* no hacía alusión únicamente al mar, sino a la "señora del mar", una de las fases de la luna, conectada con las masas de agua y que en lengua maya se designaba con el mismo vocablo. Así que Júbilo, al momento de traducir, tenía que tomar en cuenta no sólo estas sutilezas, sino la inflexión de la voz, la tensión de las cuerdas vocales, los gestos de la cara y los movimientos de la boca de su madre y de su abuela.

Era un trabajo dificultoso pero que Júbilo realizaba con mucho gusto, claro que no lo hacía literalmente. Al momento de traducir, siempre añadía una o dos palabras amables que suavizaban el trato entre ambas. Con el tiempo, esta picardía logró que esas dos mujeres se llevaran cada día mejor, y hasta se llegaran a querer. La experiencia lo hizo descubrir el gran poder que las palabras tenían para acercar o alejar a las personas, y que lo importante no era el idioma que se utilizara sino la intención que llevaba el comunicado.

Todo esto suena muy simple, pero era muy enredado. Cuando la abuela le expresaba a Júbilo el mensaje que requería de su traducción, la mayoría de las veces sus palabras no coincidían con lo que en verdad quería decir. La delataban la tensión que tenía en la boca y en las cuerdas vocales. Hasta para un niño inocente como Júbilo, resultaba obvio que la abuela hacía un esfuerzo para tragarse palabras. Sin embargo, por extraño que parezca, Júbilo las escuchaba claramente a pesar de que nunca se nombraran. Lo más interesante del caso es que esa "voz" que permanecía silenciosa era la que representaba verdaderamente los deseos de su abuela. Así que Júbilo, sin pensarlo mucho, con frecuencia traducía esos murmullos imperceptibles para los demás, en lugar de las palabras pronunciadas en voz alta. Claro que nunca cruzó por su mente hacerlo para mal, todo lo contrario, su objetivo final siempre fue el de conciliar, el de pronunciar la palabra mágica que esas dos mujeres, tan queridas e importantes para él, no se atrevían a mencionar y que obviamente tenía que ver con deseos reprimidos. Un ejemplo claro eran las frecuentes discusiones que se suscitaban entre su madre y su abuela. A Júbilo no le quedaba la menor duda de que cuando una de ellas decía negro, en realidad quería decir blanco, y viceversa.

Lo que no entendía, por su corta edad, era por qué se complicaban tanto la vida y de paso la de todos los que las rodeaban, ya que un pleito entre ellas repercutía en todos los miembros de la familia. Y no se les iba un solo día en blanco. Siempre encontraban motivos para pelear. Si una opinaba que los indios eran más güevones que los españoles, la otra que los españoles eran más apestosos que los indios. En fin, argumentos no les faltaban. Pero, sin duda, el más delicado era el que tenía que ver con la vida y costumbres de doña Jesusa.

A doña Itzel, siempre le había preocupado que sus nietos adquirieran formas de vida que, según ella, no les correspondían. Ésa había sido una de las principales razones por las que había preferido ausentarse para no ver la forma en que su nuera educaba a sus nietos, pero ahora estaba de regreso y resuelta a salvar del desarraigo a Júbilo, su nieto consentido.

Para que no olvidara su origen, constantemente le narraba no sólo cuentos y leyendas mayas sino anécdotas sobre las batallas que los indios mayas habían tenido que dar para poder conservar su historia. La más reciente era la de la guerra de castas, insurrección indígena en la que perdieron la vida veinticinco mil indios aproximadamente y en la que, por supuesto, la abuela había jugado un papel importante. Uno de los triunfos obtenidos, a pesar de la derrota que sufrieron, fue que su hijo Librado quedase al frente de una de las más importantes compañías exportadoras de henequén y se casara con una mujer española. Esto último era muy poco usual, pues el mestizaje en Yucatán nunca se dio como en otras ciudades conquistadas por los españoles. Durante la Colonia, ningún español pasó más de veinticuatro horas en un pueblo de la encomienda. No se relacionaban con los indios y cuando se casaban lo hacían en Cuba y con mujeres españolas, nunca con indígenas. Por lo que la boda entre un indio maya con una mujer española para nada era lo habitual.

Sin embargo, para doña Itzel, esta unión, más que un logro, representaba un peligro. Y la prueba estaba en que sus nietos, a excepción de Júbilo, no hablaban maya, y gustaban de tomar el chocolate con leche en vez de con agua. A cualquiera le haría mucha gracia escuchar la acalorada discusión que sostenían estas mujeres en la cocina, pero no a Júbilo pues a él le tocaba traducir. En estos casos, tenía que estar más atento que de costumbre pues sabía que todo lo que dijera, fácilmente se podía interpretar como una declaración de guerra. Ese día en especial, los ánimos estaban caldeados. Ya se habían lanzado uno que otro mensaje malintencionado, lo cual incomodaba mucho a Júbilo, sobre todo porque era patente el disgusto que las palabras de su abuela estaban ocasionando a su madre. Lo más increíble de todo era que ninguna de las dos mujeres realmente estaba discutiendo a causa del chocolate. Ése sólo era el pretexto.

Lo que doña Itzel más bien quería decir era:

—Mira, niña, para tu información, mis antepasados construyeron pirámides monumentales, observatorios, lugares sagrados y sabían mucho antes que ustedes de astronomía y matemáticas, así que no me vas a venir a enseñar nada, mucho menos cómo se toma el chocolate.

Por su lado, a doña Jesusa, que era medio malhablada, le hubiera encantado poder decir:

—Mire, suegra, usted estará muy acostumbrada a menospreciar a cualquiera que no sea de su raza, porque los mayas muy chingones, muy chingones, pero son separatistas por naturaleza y yo no estoy dispuesta a aguantar ese tipo de actitudes. Si tanto me desprecia, no venga a mi casa a tomarse mi chocolate.

Finalmente, la situación era tan tensa y cada una de ellas defendía su punto de vista con tanta pasión, que Júbilo llegó a temer una desgracia. Así que cuando su madre, armándose de valor, le dijo:

—Mira, hijito, dile a tu abuela que yo no acepto que nadie venga a mi casa a decirme cómo hacer las cosas, pues ¡yo no recibo órdenes de nadie y mucho menos de ella!

A Júbilo no le quedó otra que traducir:

—Abuela, dice mi mamá que en esta casa no se aceptan órdenes… bueno, más que las tuyas.

Al oír estas palabras el ánimo de doña Itzel cambió por completo. Por primera vez en la vida, sentía que su nuera le estaba dando su lugar. Doña Jesusa, por su parte, no cabía en sí de la sorpresa. Nunca se esperó que su suegra pudiera reaccionar con una sonrisa tan apacible ante una agresión tan fuerte y después del desconcierto inicial, ella también le respondió con una sonrisa y por primera vez desde que se casó, sintió que su suegra la aceptaba. Júbilo, en tan sólo una frase, logró darles a ambas lo que tanto buscaban: sentirse valoradas. A partir de ese día, doña Itzel dejó de meterse en la cocina totalmente convencida de que sus órdenes se seguían al pie de la letra y doña Jesusa, al sentir que su suegra aceptaba su forma de vida, fue capaz de acercarse a ella con cariño. Y toda la familia volvió a la normalidad gracias a la labor de intermediación de Júbilo, quien se sentía de lo más satisfecho. Había descubierto el poder de las palabras y habiendo prestado desde niño sus servicios como traductor de la casa, no era de extrañar que en lugar de querer ser bombero o policía, quisiera ser telegrafista. = Júbilo

Esta idea se concretó una tarde que estaba acostado en su hamaca, al lado de su padre, escuchándolo hablar.

Hacía unos años que la Revolución Mexicana había terminado, pero seguían circulando historias sobre lo sucedido en esos años de revuelta. Esa tarde, el tema a tratar era el de los telegrafistas. Júbilo escuchaba a su padre con deleite. No había nada que le diera más placer que despertar de la obligada siesta para escuchar las historias de su padre.

El calor del trópico forzaba a la familia a dormir en hamacas instaladas en la parte trasera de la casa, donde daba la brisa del mar. Ahí, frente al *K'ak'nab*, se descansaba y se conversaba. El arrullo de las olas llevaba a Júbilo a un descanso profundo y el murmullo de la conversación lo traía de regreso en un vaivén delicioso. Poco a poco las palabras interrumpían su sueño y lo hacían consciente de que se encontraba de vuelta en casa y que era hora de ejercitar la imaginación. Así que haciendo a un lado la modorra tropical, se tallaba los ojos y se disponía a escuchar a su padre con toda atención.

En ese momento, estaba narrando una historia sobre el General Villa y su cuerpo de Telegrafistas. Se decía que uno de los factores que habían influido en el éxito de Villa como estratega militar radicaba en la importancia que siempre le había dado a las telecomunicaciones. Tenía muy claro que eran un arma poderosa y las sabía utilizar a las mil maravillas. Un ejemplo era la original forma en que había utilizado el telégrafo en la toma de Ciudad Juárez.

Esa ciudad fronteriza, por su ubicación, era un bastión importante y bien abastecido. Villa no quería luchar abiertamente contra los Federales, ni podía cruzar la frontera para hacerlo, así que decidió capturar un tren de carbón que iba de Chihuahua a Ciudad Juárez, para utilizarlo como Caballo de Troya. Subió al tren a todo su ejército y al llegar a la primera estación intermedia, capturaron al telegrafista oficial y, en su lugar, el telegrafista del General Villa envió un telegrama a los Federales diciendo: "Villa nos está persiguiendo. ¿Qué podemos hacer?"

La respuesta que recibió fue la siguiente: "Regrésense a Ciudad Juárez tan pronto como puedan." Y así lo hicieron. En la madrugada, el tren de carbón arribó a Ciudad Juárez.

Los Federales lo dejaron entrar y para cuando se dieron cuenta de que, en lugar de carbón, el tren venía lleno de hombres armados, ya era demasiado tarde. Villa logró de esta manera tomar Ciudad Juárez y con un mínimo de violencia.

Dicen que al buen entendedor, pocas palabras. A Júbilo le bastó escuchar a su padre decir: "¡Sin la ayuda de su telegrafista, el General Villa nunca hubiera ganado!", para que inmediatamente la imagen del telegrafista, de ese héroe desconocido que nadie sabía ni cómo se llamaba, se agrandara en su mente. Si ese hombre resultaba admirable para su padre, ¡él quería ser telegrafista! Quería dejar de competir con sus once hermanos. Le llevaban muchos años y muchos estudios de ventaja. El que no era abogado, era médico, la que no bailaba de maravilla, era muy inteligente. Todos y todas estaban llenos de virtudes y contaban con muchas aptitudes y capacidades. Júbilo sentía que su padre, de alguna manera, prefería conversar con sus hermanos que con él, que le hacían más gracia los chistes que ellos le contaban que los suyos, que valoraba más los logros que ellos obtenían que los de él. Se sentía ignorado y quería destacar a como diera lugar. Deseaba convertirse en un héroe a los ojos de su padre y qué mejor manera que siendo un telegrafista. Júbilo se sabía poseedor de un don especial para escuchar y transmitir mensajes, así que trabajo no le costaría. Le urgía convertirse en uno de ellos.

¿Qué se necesitaba para ser telegrafista? ¿Dónde se estudiaba? ¿Por cuánto tiempo? Las preguntas salían de su boca con la velocidad de un disparo y con la misma prontitud obtuvo las respuestas. Lo que más le emocionó saber fue que, para ser telegrafista, uno tenía que dominar la clave Morse, un código de comunicación que muy pocos conocían.

¡La cosa pintaba de lo más bien! Si sólo él iba a entender la información que recibía y la que transmitía ¡iba a poder traducir a su antojo! Y ya se veía propiciando enamoramientos, arreglando matrimonios y acabando con todo tipo de enemistades. Sin duda él podía convertirse en el mejor telegrafista del mundo. Lo sentía en el fondo de su corazón. Como prueba estaba la forma en que había arreglado la relación entre su madre y su abuela. El dominio de la clave Morse no podía ser más complicado que eso. Aparte, se sentía poseedor de un don. Sabía perfectamente que su capacidad para "escuchar" los verdaderos sentimientos de las personas no la tenía todo el mundo. Lo que en ese momento Júbilo no alcanzó a vislumbrar fue que ése, su mayor don, iba a convertirse con el correr de los años en su peor desgracia; que poder escuchar secretos, anhelos y deseos innombrables no era tan conveniente como parecía, que el estar al tanto a todo momento de lo que la gente sentía iba a causarle muchos dolores de cabeza y grandes decepciones amorosas.

Pero en ese momento de risas y alegrías, ¿quién le iba a decir a Júbilo que la vida era difícil? ¿Quién le habría podido pronosticar que iba a terminar sus días postrado en la cama, viviendo casi en estado vegetal y sin poder comunicarse con los demás? ¿Quién?

¡Júbilo puede escuchar secretos y deseos interiores de otras personas! Bueno y malo.

—¡Hola Jubián! ¿cómo estás?

—Pues estoy…

—Ah que mi compadre, pues yo te veo muy bien.

—Pues… yo… no…

—¡Qué pasó! ¿que me veo tan mal?

—No, don Chucho, mi papá se refiere a que no lo puede ver, no a que lo ve mal de salud, lo que pasa es que no lo dejó terminar.

—Perdón compadre, es que como hablas muy despacito, me adelanté.

—Sí, ese problema le acarrea muchas dificultades. El otro día Aurorita, su enfermera, le preguntó que si ya quería bajar a comer y mi papi dijo que sí, pero que primero quería ir al baño. Aurorita para pronto lo puso en su silla de ruedas, lo llevó al baño, lo levantó y le empezó a bajar el cierre de la bragueta. Entonces, mi papi le dijo, así, despacito:

—No, sólo quiero lavarme las manos…

Aurorita soltó la carcajada y le dijo:

—¡Ay don Júbilo!, ¿y entonces por qué me dejó bajarle el cierre?

A lo que mi papi contestó:

—¡Pues porque creí que iba con buenas intenciones!

—¡Ah que mi compadre! ¿No cambias, verdad?

25

—¡No…! ¿Para qué?

—Oiga don Chucho, ¿y mi papá siempre fue así de bromista?

—Siempre… ¿verdad, Jubián? Desde que lo conocí ha sido así.

—¿Y a qué edad fue eso?

—¡Huy! Ya ni me acuerdo, creo que tu papá tenía como nueve años y yo como seis. Él acababa de llegar de Progreso, me parece que porque la Compañía Exportadora donde tu abuelito trabajaba cerró; lo que sí tengo muy presente fue la primera vez que lo vi, recién llegado de la estación de tren, ahí paradito junto a su maleta. Recuerdo que me llamó mucho la atención que usara pantalón corto, así como de marinerito y bueno, ¡pa'qué te cuento!, todos los gandallas de la colonia le empezaron a hacer burla… ¡Que si se le había perdido la playa! ¡Que dónde era el baile de disfraces! Ya sabes, cosas de niños…

—¿Y mi papá qué hizo?

—Nada, también se rió y nos dijo: "Ningún baile de disfraces, pues ¿que nadie les dijo que me traje el mar para acá? ¡miren, ahí viene la ola!" Y ahí nos tienes a todos volteando con cara de mensos y a tu papá soltando la carcajada. Desde ese día me cayó muy bien y empezó nuestra amistad. Vivíamos en la calle de Alzate, tu papá vivía en el número 27 y nosotros enfrente, así que nos pasábamos el día juntos. No nos separábamos para nada. Y cuando mi familia se mudó para la calle de Naranjo, pues Jubián jalaba pa'llá en cuanto llegaba de la escuela. Nos encantaba jugar en la calle, pues antes no había peligro de que te atropellaran, ya que los coches pasaban "allá cada y cuándo" y ¡los camiones, ni se diga! La vida era muy diferente y la colonia era preciosa, en cambio ahora, ya ves, no puede salir uno de noche porque lo asaltan, como a mí, que hasta al hospital fui a dar. La inseguridad es tal, que la farmacia de la esquina, ¿te acuerdas, Jubián?, bueno, pues ahora hasta reja tiene para evitar los asaltos. Me acuerdo cuando arriba vivían las González y en las noches nos subíamos tu papá y yo a la hora en que se iban a acostar para ver si las veíamos desvestirse; me estás oyendo, ¿verdad, Jubián? Me voy a aprovechar ahorita que no puedes hablar para ventanearte con tu hija, nomás no me vayas a descontar, ¿eh?

—Pues ganas… no… me faltan…

—No lo dudo, la única tranquilidad que tengo es que no te puedes mover, mano; ¡que si no!… ¿Sabías que tu papá era bueno para los golpes?

—No.

—N'ombre ¡si era buenísimo! Un día hasta se descontó al Chueco López, un boxeador de nuestra época que andaba tras los huesos de tu mamá.

—¿De veras?

—Sí, en una ocasión que hicimos una fiesta, allá cuando yo vivía en el Naranjo, estábamos los tres en el balcón y el Chueco que se sube a un poste nomás para platicar con tu mamá y entonces, tu papá que se enoja, que se pelea con él ¡y que le gana…!

—¿Y por qué se enojó? ¿Que ya era novio de mi mamá?

—No, para nada, yo casi los acababa de presentar; no, el problema fue que Jubián dijo que el Chueco le había faltado el respeto a tu mamá pero, pues la mera verdad, Jubián, yo estaba ahí y nunca oí nada parecido a un insulto...

—No lo dijo..., ¡pero lo pensó!

—¡Ah que Jubián!

—Oiga don Chucho, así que ¿usted presentó a mis papás?

—Sí, y tu papá no me lo perdona ¿verdad, compadre?

—Nooo...

—Ya deberías levantarme el castigo, si el culpable de todo fuiste tú, esa noche en lugar de haber golpeado al pobre Chueco, lo deberías de haber alentado a que se casara con Lucha, y otro gallo te hubiera cantado...

—¡Cómo crees que... le iba a hacer eso... si yo lo admiraba!

—Pobre Chueco López, con lo buena gente que era, fíjate que él me enseñó a boxear, era bien bueno p'al box, hasta llegó a pelear en la Arena México y en la Arena Libertad. Él fue mi maestro porque cuando yo era chico en la escuela me ponían cada santa soquetiza que no veas; entonces le pedí que me enseñara y me dijo que sí y ahí en el sótano de su casa tenía un costal y una barra y me dio mis primeras lecciones. Me dijo, mira, lo principal en el box es que nunca cierres los ojos porque ahí es donde se aprovechan los demás, yo por eso le decía a Jubián, mira compadre, cuando mi comadre te pegue, ¡nomás no cierres los ojos!, pero nunca me hizo caso…, pero bueno, lo que es la vida, al pobre Chueco también le fue como en feria, le dio mucho a la bebida y hasta acabó de jicarero en una pulquería…

—¿Qué es un jicarero?

—Son los que sirven el pulque en el vaso con la ayuda de una jícara, pero eso se hacía antes, ahora ya no. Todo se acaba… fíjate el Chueco, ya murió y nosotros para allá vamos… por eso trato de pasarla bien mientras me dure la vida. Juego boliche, que es lo que más me gusta, tres veces a la semana, mis compañeros de juego son unos señores y señoras de más de sesenta años pero que todavía le hacen al boliche, hay uno que acaba de cumplir noventa pero sigue jugando, y juega bien, imagínate, ¡para la edad que tiene y aguanta una bola de diez libras! Lo único malo es que ya empezaron a cobrar ochenta pesos la línea y eso es muy caro para nosotros, porque con lo que ganamos de pensión ¡pues dónde! No nos alcanza. Lo bueno es que un día que iba caminando por la calle de Sullivan, descubrí un boliche en la planta alta de una zapatería. Y ahí estaban jugando una muchacha y un señor y les pregunté que si podía jugar y me dijeron que ese lugar era para que en las mañanas jugaran jubilados del ISSTE y yo les dije que yo también era jubilado pero del Seguro Social y me dijeron que no importaba, que sí podía entrar. Ahí cobran como dieciocho pesos la línea, pero a los jubilados nos la dan a nueve pesos y aparte nos regalan café y, como estoy bien parado con la dueña del restaurante, me regala dos o tres tazas, porque yo de repente le llevo su bolsa de chocolates y eso,

¿no? por eso me trata bien. Tengo como treinta años de jugar y no soy bueno ni malo, soy regular, pero no me quejo. Mi promedio está entre ciento cincuenta y ciento sesenta, aunque uno no se conforma y siempre le anda tirando al quinientón. Hace quince días ¡hice quinientos ochenta y tres en tres líneas! ¿Cómo la ves, Jubián…? Jubián, ¿qué, de plano ya me retiraste el habla?

—No, don Chucho, es que así se pone de repente. Como que se cansa, o no sé qué, sobre todo cuando le mencionamos a mi mamá.

—¡Ah qué caray! ¿Y no lo ha venido a visitar?

—No, no ha querido.

Esto último lo digo con temor. Casi en secreto. Sabedora del entrenamiento que tienen los oídos de mi papi para captar dos conversaciones al mismo tiempo. Su mirada parece estar perdida en los recuerdos, pero yo sé perfectamente que eso no es impedimento para que siga el curso de nuestra plática. Sus largos años como telegrafista le permiten manejar de manera sorprendente dos y hasta tres lenguajes al unísono.

Y de ninguna manera me gustaría que supiera cuál es la opinión que mi madre tiene de su enfermedad. Aunque por otro lado, lo más probable es que esté al tanto hasta del último de sus pensamientos a pesar de que hace quince años que no la mira a los ojos.

¿Con cuál imagen de mi madre se quedaría? ¿Con la del

día en que se despidieron? ¿O con la del día en que la vio por primera vez? Tal vez con la del día en que estaba en el balcón, despertando todo tipo de deseos en los hombres que admiraban su figura.

Y mi mamá, ¿con cuál imagen de mi padre se habrá quedado? ¿Será capaz de imaginarlo así de enfermo como está? En las tardes, después de ver sus telenovelas, ¿pensará en él? Si es así, ¿cuál imagen le vendrá a la mente? Sobre todo me pregunto ¿será capaz de imaginarlo sonriendo como en los buenos tiempos, cuando bailaban danzón en la Plaza de Veracruz, cuando el imán del norte provocaba que subiera la marea en los ojos de mar?

II

La música de danzón inundaba la Plaza de Veracruz. Las parejas de baile se desplazaban sobre la pista con la misma elegancia de un cisne. A cada paso, sus cuerpos escupían sensualidad. La voluptuosidad del ambiente podía cortarse con cuchillo.

Una pareja se distinguía entre todas las demás, la formada por Júbilo y su esposa. Júbilo vestía un traje de lino blanco y Luz María, su esposa, un vestido de organza, igual de blanco. El color de sus ropas contrastaba con el tono bronceado de sus pieles. Tenían un mes de acudir a diario a la playa y se les notaba. El calor del sol, acumulado en el interior de sus cuerpos, se escapaba en emanaciones de ardor, de pasión, de cachondería. Luz María, mejor conocida como Lucha, movía las caderas suavemente, pero la sensibilidad que Júbilo poseía, provocaba que su mano amplificara el movimiento y lo percibiera como el de una ola efervescente, caliente, jaranera y disoluta, que aumentaba la temperatura de todo su cuerpo. Los dedos de Júbilo, acostumbrados a transmitir mensajes telegráficos a una velocidad extraordinaria, parecían reposar inocentemente sobre el nacimiento de la espalda de su mujer, pero no estaban inactivos, registraban en todo momento el movimiento, la fiebre, el deseo escondido bajo la piel. Cual antenas voraces, las yemas de sus dedos capturaban los impulsos eléctricos que el cerebro de Lucha estaba enviando, como si fuera a él mismo a quien le estuvieran dando la orden para seguir el ritmo de la música. Lucha no necesitaba palabras para decirle a su esposo lo mucho que lo quería y lo deseaba, ya que las palabras viajan a la misma velocidad que el deseo y, por lo tanto, es posible prescindir de ellas al enviar un mensaje de amor. El único requisito para que puedan ser recibidas es contar con un aparato sensible y Júbilo lo tenía y de sobra, había nacido con él, lo tenía instalado en el centro de su corazón. Ahí podía recibir cualquier cantidad de mensajes siempre y cuando provinieran de otro corazón, no importaba si la otra persona quería hacerlos públicos o no. Júbilo tenía la habilidad de interceptar los mensajes antes de que se convirtieran en palabras.

Esta habilidad no pocas veces le había ocasionado algún problema, pues la gente no acostumbra a revelar sus verdaderas intenciones, las oculta de los demás, las esconde bajo bellas palabras, las silencia para no contravenir los convencionalismos sociales.

La discordancia que existe entre los deseos y las palabras ocasiona todo tipo de problemas de comunicación y da pie

34

al surgimiento de la doble moral en individuos o naciones, que dicen una cosa y hacen otra. Y la gente común y corriente que por lo general se deja guiar por las palabras, queda totalmente confundida cuando los actos de una persona traicionan sus declaraciones. Les causa mucho descontrol descubrir la falsedad, pero, curiosamente, esa misma gente prefiere que la embauquen a sentirse defraudada y prefería aceptar una mentira que las aseveraciones de Júbilo respecto a las verdaderas intenciones de una persona. Para Júbilo era normal que lo llamaran mentiroso cuando hablaba con la verdad.

Afortunadamente, en ese momento, los impulsos eléctricos que recorrían el cuerpo de su mujer no tenían más que una interpretación pues eran completamente congruentes con lo que ella pensaba y coincidían de una manera absoluta con lo que Júbilo deseaba. La forma en que sus cuerpos se acompasaban mientras bailaban, le anticipaba el placer que le esperaba al llegar a su casa.

Tenían tan sólo seis meses de casados y no habían hecho otra cosa que explorarse, besarse, amarse en cada una de las pequeñas poblaciones a donde Júbilo, como telegrafista interino, llegaba a cubrir las vacaciones del telegrafista de planta. Ahora le tocaba el turno a la bella ciudad de Veracruz y la pareja de enamorados no podía más que agradecerlo.

El nombramiento de Júbilo les había caído como anillo al dedo, sobre todo a Júbilo a quien le urgía un descanso pues los acontecimientos de los últimos meses lo tenían agotado y exhausto. Los baños de mar, la arena salada, el olor a pescado, y el café de "La Parroquia" le funcionaban como el mejor tónico revitalizador. Mucho más que la "Emulsión de Scott" que Lucha se empeñaba en darle. Y el sonido de las gaviotas, de los abanicos de mano y del romper de las olas, eran su mejor alivio, lo remitían a los felices días de infancia. Al contacto con ellos, volvía a sentir que la vida era agradable y que no tenía mayor obligación que la de hacer el amor. Aunque siendo honesto, tenía que reconocer que de cualquier forma no podía pensar en otra cosa que no fuera el sexo, independientemente de que se encontrara en Veracruz o en la Cochinchina. Inclusive en su trabajo.

Mientras enviaba mensajes telegráficos, constantemente recordaba la forma en que sus dedos acariciaban las partes íntimas de Lucha. La forma en que jugueteaban con su clítoris y le enviaban mensajes en clave Morse, que si bien ella no entendía, eran lo suficientemente explícitos como para que le respondiera con arrebatada pasión. Era un hecho que la mente de Júbilo no podía separarse del trabajo, ni el trabajo de la actividad amorosa. Él argumentaba que porque las dos actividades estaban íntimamente ligadas. Para empezar, ambas necesitaban de una corriente eléctrica para funcionar. El telégrafo la obtenía de los cables de luz y en los pequeños pueblos en donde no había electricidad, el telégrafo funcionaba gracias a unos recipientes de vidrio de unos treinta o cuarenta centímetros de alto y de quince centímetros de diámetro, a los cuales se les colocaban dentro piedras de sulfato y luego se llenaban de agua. En la parte superior del frasco, se ponía una espiral de cobre con dos contactos: uno para el agua y otro para la espiral de cobre. Uno el positivo y otro el negativo. Esos frascos funcionaban como pilas de Volta y las ponían en serie hasta alcanzar el voltaje necesario.

La vagina funcionaba de una forma similar, tenía la humedad y el tamaño adecuado para que al entrar en contacto con el miembro viril, ese sofisticado cable de cobre, se produjera una fuerte corriente eléctrica, parecida a la de la pila de Volta.

Lo bueno o lo malo, según se quisiera ver, es que a Júbilo como que le duraba muy poco la pila y a cada rato quería enchufarse para recargar baterías nuevamente. Lucha y él se levantaban temprano y hacían el amor; después, Júbilo se iba al trabajo, mandaba unos cuantos mensajes y regresaba a comer. Después de comer hacía al amor con Lucha y regresaba a su trabajo. Telegrafiaba otros mensajes y regresaba por la tarde a casa. Por la noche, salían a pasear un rato, cenaban y antes de dormir hacían de nuevo el amor. La única variante era que, ahora que estaban en Veracruz, se daban tiempo para ir a diario a la playa. Pero prácticamente en eso consistía su rutina de recién casados. Aunque últimamente se había visto alterada un poco. Esto no quería decir que se hubieran espaciado sus encuentros amorosos ni que el embarazo de su esposa entorpeciera sus acoplamientos sino que Júbilo sentía que había una interferencia que perturbaba el intercambio energético entre ambos. No sabía cómo explicarlo, pero sentía que Lucha le ocultaba algo. Era un pensamiento que ella no se atrevía a expresar y Júbilo no alcanzaba a identificar pero que sentía correr en su sangre. Esto se explicaba si se toma en cuenta que el pensamiento es una corriente eléctrica que viaja y que el mejor conductor de electricidad que existe es el agua. En el torrente sanguíneo abunda este elemento por lo que a Júbilo no le era nada difícil "sentir" los pensamientos de su esposa durante el intercambio energético que se producía entre ellos cuando tenían relaciones sexuales. El vientre de su mujer era su toma de corriente, su Compañía de Luz y últimamente había sufrido un cambio de voltaje. Júbilo se sentía desesperado. Le preguntaba a Lucha y ella lo negaba y como no tenía a la mano un aparato parecido al telégrafo que pudiera captar ese pensamiento que ella le ocultaba, se veía forzado a entrar en conjeturas. Claro que en lugar de estar adivinando, le hubiera encantado poder convertir esos impulsos eléctricos en palabras. ¡Si pudiera dar con la clave para poder hacerlo! ¡Si pudiera inventar un decodificador de pensamientos!

A su ver, los pensamientos eran entidades que existían desde el momento en que se pensaban, eran energía que vibraba y viajaba por el espacio de manera silenciosa e invisible, hasta que un aparato receptor los captaba y los convertía, según fuera el caso, en palabra escrita, en sonido y, por qué no, en imagen. Júbilo estaba convencido que algún día se inventaría un aparato que pudiera convertir los pensamientos en imágenes. Nada lo impedía. Mientras tanto, Júbilo tendría que seguir utilizando el único sistema receptor confiable que tenía a la mano y que era él mismo. Tal vez, lo único que le faltaba era afinar su percepción para poder captar longitudes de onda más sutiles que le permitieran incrementar su poder de comunicación con el mundo que lo rodeaba.

Júbilo creía firmemente que todas las cosas en el universo tenían alma, sentían, pensaban. Desde la más pequeña flor hasta la galaxia más alejada. Todas tenían una manera particular de vibrar y de decir "aquí estoy"; por lo tanto, se podía decir que las estrellas hablaban, se comunicaban, eran capaces de enviar señales que mostraban sus pensamientos más íntimos. Los antiguos mayas se habían sentido vinculados con la mente del Sol y creían que si uno lograba ponerse en contacto con el astro rey, era posible percibir no sólo sus pensamientos, sino sus deseos. Y Júbilo, como digno descendiente de tan maravillosa raza, gustaba de abrir su entendimiento, de ampliar su sensibilidad hasta abarcar al sol, a las estrellas y a alguna que otra galaxia, tratando de encontrar una señal, un mensaje, un significado, una vibración pulsante que le hablara.

¡Qué triste sería que nadie captara sus impulsos! ¡Que nadie los comprendiera! ¡Que las señales que emitieran quedaran vagando por la noche de los tiempos!

En general, no podía haber un pensamiento que pudiera alterar más a Júbilo que el del mensaje que no encuentra receptor. Él, que era un receptáculo tan maravilloso, que había nacido con la facultad para interpretar cualquier tipo de comunicación, se desesperaba a más no poder cuando un mensaje quedaba sin respuesta, ahí, flotando en el espacio sin ser percibido. Como una caricia que nunca llega a tocar la piel, como un higo fresco ignorado, despreciado, que nadie llega a comer y termina podrido, en el piso. Lo peor de todo, pensaba Júbilo, era que había una cantidad de mensajes que nunca tocaron puerto y que se quedaron en el espacio, desorientados, errantes, sin dueño. ¿Cuántas de esas presencias pulsantes, invisibles, calladas e inaudibles giraban alrededor de una persona, de un planeta o del sol? Este simple pensamiento llenaba a Júbilo de culpas. Lo hacía sentirse miserable. Como si su responsabilidad fuera la de recibir mensajes por todos aquellos que no podían hacerlo. Le habría encantado informarle a todo el mundo que él sí percibía sus señales, que él sí las valoraba y, lo más importante, que no vibraban en vano. Con el correr de los años encontró que la mejor manera de dar a todas las personas acuse de recibo, era cumpliendo sus deseos más íntimos mediante una actitud honesta de servicio.

Tal vez el origen de ese sentimiento nació un día lejano en que su abuela lo internó a la selva y lo condujo a un lugar secreto, aún no descubierto por los historiadores, donde se encontraba una estela maya. A los ojos de un niño corto de estatura, la estela resultaba ser un monumento colosal, difí-

40

cil de abarcar con la mirada. Igual de grande era el poder de atracción que poseía. Los jeroglíficos que la piedra tenía tallados, ejercían una tremenda fascinación en aquellos que posaban su mirada en ella. Doña Itzel y Júbilo la observaron por largo rato mientras la abuela se fumaba un cigarro. Se trataba de uno de los cigarros que ella misma fabricaba envolviendo el tabaco en hojas de elote. Estamos hablando de una hoja de elote completa, o sea, que se trataba de un cigarrillo marca diablo, que a doña Itzel le llevó un buen rato terminarse y durante todo ese tiempo Júbilo se concentró en la observación de los jeroglíficos.

—¿Qué dice ahí abuela?

—No sé, hijo, se supone que en esa estela están anotadas unas fechas muy importantes, pero nadie ha podido interpretarlas.

El pequeño Júbilo se horrorizó. Si los mayas se habían tomado la molestia de pasar tanto tiempo tallando esa piedra para dejar las fechas inscritas en ella, era porque las consideraban verdaderamente importantes, ¿cómo era posible que alguien las hubiera olvidado? No lo podía creer.

—Pero dime, abuela, ¿de veras no hay nadie que sepa cuáles son esos números?

—No se trata de eso, *Che'ehunche'eh Wich*, sí sabemos cuáles son, lo que no sabemos es a qué fecha de nuestro calendario corresponden, porque los mayas tenían otro calendario distinto y nos hace falta una pieza clave para interpretarlos.

—¿Y quién la tiene?

—Nadie, esa clave se perdió con la conquista. Como te he dicho, los españoles quemaron muchos códices, así que hay muchas cosas que nunca vamos a saber de nuestros antepasados.

Mientras doña Itzel le daba una larga fumada a su cigarro, Júbilo dejó escapar una lágrima. Se negaba a aceptar que todo estuviera perdido. No podía ser cierto. Esa piedra le hablaba, y aunque no alcanzaba a entenderla, estaba seguro de que podía descifrar el misterio que encerraba, o al menos, eso iba a intentar.

Pasó días aprendiendo la numeración maya. Se trataba de una numeración vigesimal, del uno al veinte, que utilizaba puntos y rayas para su escritura. Curiosamente, ese entrenamiento le facilitó, años más tarde, el aprendizaje de la clave Morse. Pero en ese entonces, él ignoraba que iba a ser telegrafista y su única preocupación era la de dar con la clave para descifrar los fechamientos mayas. A doña Itzel no podía haberla hecho más feliz. Ver a su nieto enfrascado por completo en la cultura de los antiguos mayas la llenaba de orgullo y satisfacción, es más, creo que eso fue lo que le permitió morirse en paz, pues se dio cuenta de que su herencia en la tierra ya estaba asegurada en un miembro de su familia. Estaba segura de que Júbilo no se olvidaría de su pasado maya.

Murió tranquila, sonriendo. Y Júbilo, aunque lo sintió mucho, no dejó de agradecerlo. La abuela murió muy a tiempo, antes de que el desarrollo irrumpiera de una manera escandalosa en Progreso, su ciudad. Para la abuela, resultaba

42

una ironía total, vivir en una ciudad llamada Progreso, pues ella, a pesar de ser una mujer luchadora y de pensamiento liberal, para nada compartía la idea de progreso que tanto se pregonaba en esa época. Aceptaba que las mujeres fumaran y que lucharan por sus derechos, al grado de que llegó a apoyar el movimiento que, en el año de 1916, pedía en Yucatán la legislación del aborto, pero se oponía terminantemente a la llegada del telégrafo, del teléfono, del tren y de todos los adelantos modernos, que a su ver, sólo provocaban que la gente se llenara la cabeza de ruido, que viviera más de prisa y se distrajera de sus verdaderos intereses.

De alguna manera, la abuela veía los adelantos tecnológicos como unos burdos sucesores del pensamiento positivista que tanto marcó al grupo de los "Científicos", aquellos personajes lamentables que por mucho tiempo mantuvieron en el poder al presidente Porfirio Díaz. Precisamente, bajo su dictadura, en el año de 1901, se publicó la obra *México: su evolución social*, del médico positivista Porfirio Parra y resultó ser un claro testimonio de lo que esas autoridades tan respetables y refinadas pensaban de los mexicanos. De una manera lapidaria, descalificaron totalmente la herencia indígena, la dejaron fuera del libro argumentando que los indios, antes de la llegada de los españoles, sólo sabían contar hasta veinte sin equivocarse y que sus conocimientos aritméticos sólo les habían servido para las toscas necesidades de la vida diaria pero nunca como un instrumento científico.

Según Parra, el origen de la ciencia mexicana estaba en la

ciencia importada por los conquistadores y no en los indios. Era una afirmación cargada de tintes racistas, por no hablar del aspecto de la ignorancia, y en ella estaba escondido el miedo que doña Itzel tenía de que todos estos adelantos de la ciencia se convirtieran en un espejismo que opacara la lucha que grandes mexicanos, como José Vasconcelos, Antonio Caso, Diego Rivera, Martín Luis Guzmán y Alfonso Reyes, estaban dando para romper con la herencia que había dejado el "cientifisismo", por el cultivo del "espíritu", de las humanidades, por el reencuentro con la realidad mexicana, con el indio.

Para ella estaba claro que lo importante del tren no radicaba en la posibilidad de llegar más rápido a un lugar sino para qué. De nada servían los adelantos tecnológicos si no iban acompañados de un desarrollo espiritual y ése era el peligro que ella veía, pues si ni con la Revolución Mexicana los mexicanos habían adquirido una mayor conciencia de lo que eran, viviendo más de prisa ¿cómo se iban a poder conectar con su pasado? ¿En qué momento iban a dejar de querer ser lo que no eran?

La abuela murió sin haber obtenido la respuesta y Júbilo, aunque por un tiempo se vio afectado por el fallecimiento, no dejó de lado sus intentos por descifrar el enigma de los jeroglíficos. Sus estudios en el campo de las matemáticas lo llevaron al descubrimiento de los calendarios mayas. Con trece números y veinte símbolos los mayas dejaron encerrada toda la sabiduría alcanzada por sus maravillosos astrónomos.

Los mayas estaban muy conscientes de los cielos que los rodeaban y de los movimientos de los planetas. Con gran precisión pudieron predecir no sólo los eclipses sino la longitud que tiene la órbita que describe la Tierra alrededor del Sol, con una diferencia de una milésima de punto decimal en relación con los cálculos de la ciencia moderna. ¿Cómo explicar esto en una civilización que no contaba con los aparatos de medición modernos? ¿Que ni siquiera llegó a descubrir la utilización de la rueda como medio de transporte? Júbilo llegó a la conclusión de que fue porque llegaron a establecer una enorme conexión con el universo que los rodeaba. Los mayas utilizaban el término *Kuxán Suum* para definir la forma en que estamos conectados con la galaxia.

Kuxán Suum se traduce como "la Vía del Cielo que conduce al Cordón Umbilical del Universo". Se trata de un cordón que se extiende desde el plexo solar de cualquier hombre y pasa por el Sol, hasta llegar al *Hunab-Kú*, que suele traducirse como "el principio de vida más allá del Sol".

Para ellos, el universo no estaba separado, atomizado. Creían que unas fibras sutiles mantenían la conexión constante de unos cuerpos con otros; en otras palabras, que la Galaxia se integraba en una matriz resonante, dentro de la cual, la transmisión del conocimiento se daba en forma instantánea. Y las personas que contaban con la sensibilidad necesaria como para percibir la resonancia de las cosas, podían conectarse con él y recibir de inmediato todo el conocimiento cósmico.

Claro que cuando el *Kuxán Suum* se encuentra oscurecido da como resultado que nuestra propia resonancia se vea disminuida y el Sol puede estar ahí frente a nosotros, pero no nos dice nada.

El imaginar la Galaxia como una caja de resonancia era muy interesante. Resonar significa volver a sonar. Y sonar significa vibrar. Todo el universo pulsa, vibra, resuena. ¿Dónde? En los objetos preparados para recibir las ondas energéticas.

Júbilo había descubierto que los objetos terminados en punta eran más susceptibles a la captación de energía que los redondos; de ahí que se le hiciera completamente lógica la construcción de pirámides por parte de sus antepasados y el levantamiento de postes telegráficos por parte de sus contemporáneos.

Su comprensión del fenómeno lo llevaba a deducir la razón por la cual su cráneo puntiagudo constituía una poderosa antena, que le servía a las mil maravillas para conectarse con el cosmos. Y su miembro viril en alto, para conectarse con la caja de resonancia más profunda y sonora del mundo: la de su mujer. De ahí venía la habilidad que Júbilo tenía para establecer una fuerte comunicación con todas las personas, inclusive a la distancia. Lo más sorprendente era que también lo hacía con los objetos y hasta con algo tan abstracto como podían ser los números. La posible explicación a este fenómeno radicaba en que Júbilo, cual antena de alta frecuencia, no sólo interceptaba las sutiles vibraciones de todas las cosas, sino que se armonizaba con ellas.

Dicho de otra manera, Júbilo no se conformaba con percibir las ondas vibratorias sino que se fundía en ellas hasta lograr vibrar en el mismo tono y en la misma frecuencia. Igual que lo hace la cuerda de una guitarra cuando escucha el sonido de otra cuerda afinada en el mismo tono que ella. La cuerda, sin que nadie la toque, va a vibrar al mismo tiempo que la otra, va a resonar. Para Júbilo, resonar era la mejor manera de dar respuesta a una vibración que dice "aquí estoy". Era la forma de decir "aquí estoy yo también y estoy vibrando contigo".

Por lo tanto, no era de extrañar que Júbilo se pudiera comunicar con los números. En su largo tiempo de estudio de la numerología maya, Júbilo había descubierto que no era lo mismo escribir el número cinco que el cuatro. Y no porque representaran una acumulación diferente de elementos sino porque cada uno tenía una forma muy particular de resonar, parecida a las de las notas musicales. Júbilo, así como reconocía perfectamente la diferencia que hay entre un *do* y un *sol*, podía determinar con precisión, al ver una carta tapada sobre la mesa, cuál número estaba representado en ella. Esto lo hacía un jugador de cartas excepcional pero, curiosamente, rara vez jugaba y nunca lo hacía entre amigos, pues le parecía deshonesto sacarle provecho a su habilidad para conectarse con los números. La única vez que hizo una excepción fue en Huichapan, un pequeño pueblo al pie de la Sierra de Puebla, cuando estaba supliendo las vacaciones de un telegrafista.

Huichapan era un pueblo pacífico. Una lluvia pertinaz caía todo el día. Todas las casas tenían grandes alerones para que la gente pudiera transitar por las calles sin necesidad de mojarse. Este clima propiciaba el florecimiento de una especie de melancolía que penetraba en los huesos de sus habitantes mucho peor que la constante humedad. Los lugares de reunión obviamente eran lugares cerrados y la cantina el más concurrido de ellos. En los quince días que Júbilo y Lucha tenían de haber llegado al pueblo, Júbilo no había sentido la mínima curiosidad por conocer ese sitio tan popular. Había preferido aprovechar sus ratos libres para retozar en la cama con su mujer. Pero una tarde, uno de los más asiduos clientes del telégrafo, un joven campesino llamado Jesús, había llegado a enviar su habitual telegrama a Lupita, su novia, que vivía en la ciudad de Puebla.

Lupita y Jesús, tenían planeado casarse en quince días. Los preparativos para la boda iban de lo más adelantados y Júbilo ya había enviado infinidad de telegramas a la novia informándole sobre el día y la fecha de la ceremonia religiosa, sobre cuántas flores y cuántas velas iban a adornar la iglesia, sobre la cantidad de pollos que pensaban sacrificar para el banquete; bueno, Júbilo estaba enterado hasta de la cantidad de besos que Jesús tenía pensado darle a Lupita y, lo más importante, dónde.

Por supuesto que esta información no se la había dado el novio. Esa comunicación confidencial se había escapado de su mente delante de Júbilo y él sin querer la había capturado mientras observaba a Jesús escribir sus telegramas, lo cual lo convertía, sin habérselo propuesto, en cómplice de esa relación amorosa.

Pero esa mañana, al momento de observar a Jesús entrar por la puerta de la Oficina de Telégrafos, Júbilo supo que algo grave sucedía. Jesús entró con la cabeza agachada, triste y acongojado. Debido a la inclinación de su sombrero, el agua de lluvia se escurría hacia abajo y mojaba los papeles que se encontraban sobre el mostrador, sin que Jesús se diera cuenta. Al parecer, Jesús había olvidado hasta los buenos modales pues no tenía para cuando quitarse el sombrero. Júbilo, tímidamente, salvó algunos formularios del desastre y los puso a salvo del agua mientras Jesús intentaba redactar un telegrama que invariablemente terminaba en el bote de basura. A Júbilo le quedaba muy claro que lo que Jesús tenía que informarle a Lupita no era nada agradable. Con la intención de prestarle su ayuda, Júbilo se acercó al enamorado y poco a poco se fue ganando su confianza hasta que logró que Jesús le confesara su pena.

Jesús era un jugador de poker empedernido y tenía por costumbre ir todos los viernes a jugar a la cantina. Pero el viernes pasado había tomado una decisión fatídica, había cambiado la fecha del juego de viernes a sábado para que ese día coincidiera con su despedida de soltero, con resultados fatales. Había jugado y había perdido todo. ¡Todo! El rancho donde pensaba vivir con Lupita, el dinero para pagar la iglesia, el banquete, el vestido de novia y ¡hasta el viaje de luna de miel que tanto había soñado!

Jesús va a casarse con Lupita pero perdió todo en un juego de poker!

49

Resulta obvio mencionar que el hombre estaba destrozado. Lo peor de todo era que había perdido su fortuna a manos de don Pedro, el cacique de la zona; un hombre que aparte de ser rudo, grosero y mal encarado, era abusivo, explotador y ratero, amén de otras monerías. Júbilo no entendía cómo era posible que estando al tanto de todo eso, Jesús se hubiera animado a apostar en su contra. No le cabía en la cabeza. Jesús trataba de disculpar su actitud arguyendo que le había sido imposible evitarlo, que don Pedro, de la nada, había llegado a su mesa de poker y que les había preguntado si se podía integrar al grupo, a lo que ninguno de ellos se había podido rehusar.

Eso era comprensible. Lo que seguía sin aclararse era la razón por la que Jesús había arriesgado todo. Júbilo sentía que debía haber una razón mucho más poderosa que ésa. Y mientras Júbilo escuchaba la larga perorata de su amigo en la que le achacaba la culpa de todo lo sucedido al exceso de copas, Júbilo se dedicó a entrar en armonía con el sufrimiento de Jesús para encontrar la respuesta y descubrió que lo que su amigo escondía atrás de su triste y vidriosa mirada, era la débil y raquítica esperanza de ganar, por una vez en la vida, a la persona que había despojado a su familia de todos sus bienes.

Esta revelación sí que explicaba la forma irracional en la que Jesús había apostado. Era tan contundente que llegó acompañada de un sentimiento de impotencia. La impotencia de varias generaciones de campesinos que habían sufrido todo tipo de abusos por parte de grandes latifundistas. Júbilo estaba armonizado de tal forma con la pena de Jesús, que sintió en carne propia la ofensa, la humillación, la impotencia. Y en ese mismo instante quiso convertirse en el vengador de ese pobre hombre que no sabía cómo decirle a su novia, quince días antes de la boda, que tenían que suspender todos los preparativos del esperado enlace matrimonial. Sobre todo porque se suponía que Lupita, en tan sólo unos días, debía abandonar Puebla en compañía de sus familiares, para dirigirse a Huichapan, donde la familia de Jesús en pleno, la esperaba ansiosamente.

¿Cómo explicarle la situación? ¿Cómo disculparse? No encontraba las palabras adecuadas para hacerlo. Júbilo lo convenció de que la tristeza no era buena correctora de estilo y que mientras la tuviera instalada en el corazón, no iba a poder escribir ni una frase completa, así que lo mandó de regreso a casa, comprometiéndose él mismo a redactar y enviar el mensaje.

Y realmente lo hizo, pero por supuesto que no para cancelar la boda sino para decirle a Lupita, en nombre del novio, lo mucho que la quería. No creía necesario decirle otra cosa. No por el momento. Aún había mucho por hacer y estaba convencido de que el problema de Jesús tenía solución. Lo único que necesitaba era tiempo y como lo tenía restringido, decidió no perder un minuto más y empezó a planear cuál era la mejor manera de imponer la justicia.

Si había algo que Júbilo no resistía era el abuso de poder. En el poco tiempo que tenía viviendo en el pueblo, ya se había enterado de todos los horrores inimaginables cometidos por don Pedro. De cómo había desvirginado a varias jovencitas, de cómo explotaba a sus trabajadores, de cómo les robaba a los campesinos a manos llenas, de cómo hacía trampas en las peleas de gallos y, por lo que acababa de ver, también en el poker.

Estaba tan indignado, que a pesar de ser la persona más pacífica del mundo, llegó a lamentar que don Pedro hubiera sobrevivido la Revolución Mexicana. Hubiera estado maravilloso que los revolucionarios, aprovechando la revuelta, ¡le hubieran pegado un tiro en la cabeza! Le habrían hecho un gran favor a la sociedad y sobre todo le habrían ahorrado la pena a Jesús. Por culpa de la ineficiencia de los revolucionarios, a él no le quedaba otra que enfrentarse a esa lacra. Con trabajos esperó a que fuera sábado por la noche para ir a la cantina a jugar.

A las ocho en punto hizo su aparición y de inmediato se dirigió a la mesa de don Pedro, dispuesto a jugarse sus ahorros y su sueldo del mes. Don Pedro lo recibió con los brazos abiertos, como un vampiro a una quinceañera. Veía en Júbilo una buena oportunidad de obtener dinero fresco. A Júbilo le bastaron unas cuantas manos para percatarse de la forma en que don Pedro ejercía el poder en la mesa. Si la primera carta que le repartían era un As, estaban todos jodidos. Don Pedro mandaba fuerte para obligar a los demás jugadores a irse y uno tenía que tener mucha sangre fría para quedarse y pagar las altas apuestas.

Para colmo, don Pedro, aparte de jugar bien, tenía muy buena suerte. Si alguien ligaba una Tercia, él ligaba una más alta. Si alguien hacía una Corrida, él se la mataba con una Flor. Y en las raras ocasiones en que no traía buen juego, recurría al viejo truco del *bluff*, o sea, mandaba una apuesta fenomenal para hacer creer a los demás jugadores que traía un muy buen juego. Y en general, aunque todos dudaran de su honestidad, nadie pagaba por ver. Preferían quedarse con la duda que sin dinero en los bolsillos. Salía muy caro investigar la clase de juego que don Pedro traía y la ilusión por derrotarlo no era suficiente estímulo para desembolsar una fuerte cantidad de dinero, pues lo que entraba en juego a la hora de pagar la apuesta era la fortuna personal, por modesta que fuera.

A don Pedro no le gustaba perder, y por lo tanto se valía de cualquier cantidad de técnicas intimidatorias con tal de ganar. Recurría a cada una de ellas, dependiendo de la situación. Y para realizar su elección contaba con una gran habilidad para interpretar cualquier movimiento que sus oponentes realizaran, por más sutil que fuera y en tan sólo una fracción de segundo. Por ejemplo, si los veía titubear antes de pagar su apuesta, deducía que sus oponentes no traían ni un triste par y se aprovechaba del momento. Si por el contrario, los veía muy dispuestos a pagar la apuesta, concluía que tenían buen juego y que más le valía ponerse alerta. Ahora que si su adversario, no sólo ponía las fichas sobre la mesa con gran decisión, sino que reviraba la apuesta, él ya no la pagaba, se retiraba. Así de simple. Nunca se arriesgaba. Nunca se apasionaba. Calculaba perfectamente cada apuesta y, por supuesto, ¡siempre ganaba!

Júbilo, con gran habilidad, lo dejó ganar las primeras manos, incluso teniendo mejor juego que él. No importaba, la noche era larga y quería que don Pedro fuera ganando confianza. Don Pedro cayó en la trampa, después de una hora de juego, estaba más que convencido de que Júbilo era un jugador mediocre que no le representaba ningún problema. De pronto, Júbilo empezó a cambiar el ritmo del juego. Aprovechó que le tocaba repartir las cartas a César, el boticario, que estaba sentado a su izquierda. De esta manera, Júbilo era el primero en recibir su carta y podía presentir perfectamente cuál sería. En ese momento estaban esperando la repartición de la quinta carta. Era la última oportunidad que tenía don Pedro de mandar su apuesta. Sobre la mesa, cada uno de los jugadores tenía cuatro cartas. Tres abiertas y una tapada. Don Pedro mostraba un Joto, un Ocho y un Tres y mantenía tapado otro Joto. Júbilo tenía un Nueve, un Siete y un Rey y mantenía tapado otro Rey. Lo cual significaba que tenía un par superior al de don Pedro, pero éste lo ignoraba. Con la intención de investigarlo, don Pedro subió su apuesta esperando que Júbilo, si traía el par de Reyes, se la revirara, pero Júbilo se negó a hacerlo. Si don Pedro descubría que tenía un par de Reyes era probable que se retirara del juego y era lo que menos quería en la vida. Deseaba con toda el alma hacerlo pedazos y ésa era su oportunidad. Júbilo se limitó a pagar la apuesta y lo hizo titubeando. Ése era el signo que don Pedro necesitaba para interpretar que Júbilo sólo traía un ridículo par de nueves.

Don Pedro se tranquilizó. La polla que se había juntado en la mesa era considerable y se la quería llevar. Antes de la repartición de la última carta, don Pedro abrió su par de Jotos para forzar a Júbilo a abrir su par de Nueves, pero Júbilo mantuvo su Rey tapado, lo que forzaba a César a repartirle la quinta carta abierta. Júbilo estaba seguro de que le iba a llegar otro Rey, y también sabía que a don Pedro le iba a llegar otro Joto, pero no le importaba pues una tercia de Reyes mataba la tercia de Jotos. Cuando César dejó caer la quinta carta de Júbilo, un cuchicheo de sorpresa recorrió la mesa. El maravilloso Rey cayó como en cámara lenta, ante la impávida mirada de don Pedro. Según sus interpretaciones, todo parecía indicar que Júbilo escondía un par de Nueves y tenía al descubierto otro de Reyes. Lo cual no le gustaba nada. Júbilo se colocaba por encima de su juego. Se quitó el puro de la boca y se concentró en recibir su última carta. Como sus otras cuatro cartas estaban abiertas, a él le correspondía una cerrada. Don Pedro la recogió pausadamente y la observó con la misma lentitud. Casi se le escapa una sonrisa de gusto cuando descubrió que le había llegado otro Joto. ¡Tenía tercia de Jotos! Y eso significaba que ya había ganado. Al par de Reyes le correspondía apostar, pero no lo hizo. Decidió pasar. A don Pedro se le aceleró el pulso. Daba por anticipado su triunfo y, sin tentarse el corazón, mandó noventa pesos de apuesta. Eso era lo que Júbilo esperaba. Tranquilamente pagó los noventa pesos y reviró la apuesta con los últimos veinte pesos que le quedaban y que constituían todo su capital. Don Pedro sintió que la inexperiencia de Júbilo lo hacía confiar demasiado en sus dos pares y le impedía adivinar que él bien podía, como en realidad era, tener una tercia de Jotos. Así que seguro de su triunfo, pagó la apuesta y preguntó por mero protocolo:

—¿Qué hay que matar?

A lo que Júbilo respondió:

—Tercia de Reyes.

Don Pedro no soportó la pérdida, enrojeció de coraje y a partir de ese momento no tuvo compasión con Júbilo. Utilizó todos sus conocimientos y todas sus mañas para acabar con él. Cuando Júbilo apostaba, él no iba. En cambio, cuando don Pedro apostó, Júbilo tuvo la desgracia de tener buen juego y de verse obligado a ir. El caso es que poco a poco le fue quitando todas sus ganancias.

Júbilo empezó a jugar mal, estaba nervioso. Por más que se concentraba, ya no podía identificar cuál era la carta que le iba a llegar, ya no se diga las que don Pedro tenía en la mano. No encontraba explicación a lo que le estaba sucediendo. Había perdido la comunicación con los números. Estaba jugando a ciegas. Sus manos sudaban y su boca estaba seca. En unas cuantas manos perdió casi todo el dinero que había ganado y en ese momento se estaba jugando lo último que le quedaba. Tenía un par de Sietes abierto sobre la mesa.

56

Don Pedro no tenía un par a la vista. Se repartió la última carta. El juego de Júbilo no prosperó. Se quedó sólo con el par de Sietes. Tenía que esperar a que don Pedro viera su última carta y que enviara su apuesta para saber cómo le iba a ir. Don Pedro, a pesar de no tener ningún par, tenía cartas más altas que las de él, así que con cualquier par que ligara le podía ganar. Don Pedro, después de ver su carta, dijo con gran aplomo:

—Le apuesto su resto.

Júbilo dudó en ir. Todos los demás jugadores ya se habían retirado, así que si él no pagaba, nadie iba a saber cuál era el juego que don Pedro traía. Por otro lado, ¡don Pedro le había apostado su resto! A leguas se veía que quería dejarlo en la calle, pues de seguro adivinaba que el dinero que Júbilo tenía sobre la mesa era todo el que tenía en la vida. La mente de Júbilo trataba de evaluar todas las posibilidades que tenía de ganar. Había una alta probabilidad de que don Pedro estuviera *bluffeando*, pero la única manera de salir de dudas era pagando, pues parecía haber perdido su capacidad para conectarse profundamente con las personas, los objetos y los números. Así que pagó la apuesta, sólo para descubrir con todo el dolor de su corazón que don Pedro tenía un par de Jotos. Júbilo sintió que una ola helada le recorría todo el cuerpo. Había perdido todo. TODO. Ya no tenía nada que apostar. Mientras don Pedro recogía las fichas con el puro en la boca, le dijo:

—Bueno amigo, muchas gracias. Creo que ya no tiene nada que apostar, ¿verdad?

—No…

—¿Y qué me dice del Packarcito que tiene? ¿No quiere que nos lo juguemos?

Júbilo se quedó paralizado. Efectivamente, Lucha y él habían llegado al pueblo en un automóvil Packard, pero ni siquiera se le había cruzado por la mente la posibilidad de apostarlo, pues no le pertenecía del todo. Había sido un regalo de bodas que sus suegros les habían dado. Lucha provenía de una familia muy adinerada y el obsequio, aparte de ser una clara muestra del cariño, tenía el objetivo de hacerle más agradable a "su tesoro" el recorrido que tenía que realizar al lado de su esposo por "pueblos mugrosos". El coche valía, aproximadamente, unos tres mil seiscientos pesos.

Sin pensarlo dos veces Júbilo dijo:

—¡Va el coche!

Don Pedro sonrió. Desde que había visto llegar a Júbilo en compañía de su bella esposa al pueblo, se había muerto de envidia. Tanto por el coche, como por la mujer. Las dos cosas se le antojaban mucho y consideraba que Júbilo no se las merecía. Y ahora se le presentaba la oportunidad de hacerse de una de ellas.

Rápidamente comenzó a barajar las cartas, pero Júbilo lo interrumpió:

—Sólo que ya no quiero jugar poker. Le apuesto el valor del coche, más todo lo que está en la mesa, pero a favor del Kid Azteca, que en este momento se está jugando el Campeonato Mundial de Peso Welter en la ciudad de México.

A don Pedro, la oferta le parecía muy tentadora, pero escapaba de su control. Sus mañas no podían influir en el resultado final. Quedaría en manos del azar. Pero como estaba de suerte y esa noche había obtenido las mejores ganancias de toda su vida, no dudó en aceptar la apuesta. Sólo había un problema y era que la pelea no se transmitía por radio y la única manera de enterarse del resultado era hasta el día siguiente, cuando llegaran al pueblo los periódicos. Como ya era de madrugada y faltaban pocas horas para que amaneciera, Júbilo sugirió que se contara el dinero que había sobre la mesa, que por cierto resultó ser una fortuna, y que todos juntos fueran a la estación de tren a esperar la llegada del medio informativo. En ese momento sabrían quién había sido el ganador, le entregarían el dinero y asunto terminado.

Todos los presentes, incluido don Pedro, aprobaron con agrado la sugerencia y se dirigieron en grupo a la estación de ferrocarril. El conjunto hacía patente su entusiasmo ante la inusual apuesta, con comentarios de todo tipo, que iban de los halagos a las predicciones. No había quien no deseara que Júbilo ganara, pues la mayoría de ellos odiaban a muerte a don Pedro, y los que no, estaban a punto. Júbilo, prefería guardar silencio. Se había separado del grupo para fumar a sus anchas. Tenía la mirada clavada en lontananza y las manos en los bolsillos. Sus compañeros de juego respetaban su derecho a la soledad. Imaginaban que la incertidumbre lo debía estar matando. Nunca se les habría ocurrido pensar que lo que tenía a Júbilo en ese estado de ansiedad era la cruda moral.

Chucho, su querido amigo de infancia y gran compañero telegrafista, que vivía en la ciudad de México y que era aficionado al boxeo, había ido a ver la pelea de box y por medio del telégrafo le había informado a Júbilo de los resultados del evento, antes de que éste saliera a jugar a la cantina. Júbilo, al hacer su apuesta ya sabía quién había ganado la pelea. Había apostado sobre seguro. Y ahora, la culpa lo estaba matando. No porque don Pedro no se mereciera una sopa de su propio chocolate, sino porque había roto el voto de confidencialidad que los telegrafistas debían respetar. Lo único que lo consolaba era saber que Lupita y Jesús tendrían el dinero para su boda y que Lucha, su querida esposa, lo único que podría reclamarle cuando regresara a casa, serían las horas de llegada, mas no la pérdida del Packard.

La depresión que cargaba le impidió disfrutar de las exclamaciones de gusto, de las felicitaciones, de los abrazos de todo el mundo. El entusiasmo era tal, que por poco lo levantan en hombros. Al que no le cayó nada en gracia su triunfo fue a don Pedro. En cuanto leyó el periódico, dio media vuelta y se alejó mentando madres.

No sabía perder. Nunca lo había sabido y a sus cincuenta años estaba difícil que lo aprendiera. Juró que algún día se desquitaría de Júbilo.

La mirada que lanzó a Júbilo antes de abandonar la estación de ferrocarril, le hizo saber que se había echado un enemigo de por vida. Júbilo no le dio importancia. Sabía que en quince días más lo trasladarían a Pátzcuaro y creía que nunca más se cruzaría en su camino con don Pedro. Júbilo ignoraba que el destino tenía otros planes para ambos. Pero en ese momento no tenía cabeza para pensar en algo más que estar en los brazos de Lucha. Le urgía un descanso. Quería olvidarse de esa noche, regresar a su vida normal, pero ya era demasiado tarde. Esa noche sería un parteaguas en su vida.

Algunos de los presentes le hicieron la invitación de ir a comer una birria al mercado para celebrar su triunfo, pero Júbilo no tenía ánimos para nada, se disculpó lo más amablemente que pudo y se dio la media vuelta. ¡Qué iba a andar celebrando! Si se sentía un total perdedor.

Había perdido su contacto con los números. Había fracasado como antena receptora. Había deshonrado la profesión de telegrafista. Todo lo que constituían sus mayores logros en la vida. Ahora sí que no lo calentaba ni el Sol. Y no era metáfora. Una lluvia leve, el chipi chipi, como le llamaban los lugareños, mojaba suavemente las calles. No hacía ruido, pero molestaba por igual. La humedad del ambiente no podía estar más a tono con el estado de ánimo que Júbilo traía. Sentía dolor de huesos y de alma. Y el cielo nublado constituía un gran impedimento para poder aliviar su pena. Le resultaba muy inconveniente no poder ver el Sol, no poder conectarse con él, no poder calentarse con sus rayos.

De pronto, como si el cielo se hubiera compadecido de él, las nubes se abrieron y dejaron escapar los primeros rayos de sol. Júbilo, de inmediato hizo un alto en su camino para poder gozar la belleza del amanecer. Desde hacía muchos años, tenía por costumbre saludar al Sol como parte de un ritual. Su abuela le había enseñado a venerarlo, y él había continuado puntualmente con la tradición, al grado de que, antes de comenzar su día de trabajo, le era imprescindible contar con la bendición del astro.

Júbilo, con los brazos en alto, le hizo su habitual salutación, pero a diferencia de otras ocasiones, esta vez no recibió respuesta. El Sol le había retirado el habla. Júbilo creyó que lo hacía para darle un escarmiento. Nunca debería haber utilizado su capacidad de mediador, de receptor y de comunicador para algo tan superficial como un juego de cartas. Nunca debería haber utilizado información confidencial para beneficio personal. Sin embargo, sentía que la sanción que estaba recibiendo era algo exagerada. Reconocía sus faltas, pero no era para tanto. Era la primera vez que fallaba. Todos estos reclamos y suposiciones, tenían que ver con la culpa, pero no con la realidad.

No era cierto que el Sol le hubiera dejado de hablar, y mucho menos que lo estuviera castigando. Lo que pasaba era que la Tierra se estaba viendo afectada por los fenómenos atmosféricos generados por el Sol y cuando hay manchas solares visibles, las señales de radio se distorsionan, dando por resultado que sea muy difícil su recepción. Y ese año, 1937, el Sol estaba en plena actividad y por lo tanto era imposible que Júbilo se hubiera conectado correctamente con él. El mismo fenómeno explicaba el por qué no había podido captar las ondas de pensamiento de don Pedro durante la jugada de poker y por qué encontraba dificultad para entender a

Lucha, una mujer marcada por el imán del norte, quien sufría como nadie con la aparición de las manchas solares.

De haberlo sabido se habría evitado muchas dificultades. Sobre todo hubiera entendido que a veces no basta con la buena voluntad para poder establecer buena comunicación con el cosmos, que con manchas solares de por medio, siempre quedará por ahí un cable suelto, alguna comunicación inconclusa, o uno que otro deseo vagabundo que al no poder establecer contacto con el receptor a quien iba dirigido, se convertía en un meteorito incomprendido.

Desgraciadamente, Júbilo se enteró de todo esto mucho tiempo después, cuando tomó un curso para convertirse en radio operador de la Compañía Mexicana de Aviación. Pero por fortuna, no tuvo que esperar tanto para comprobar que su capacidad para recibir mensajes estaba intacta, que no se le había dañado en absoluto. Ahí en Veracruz, cerca del mar, cerca de Lucha, cerca de sus antepasados mayas, lo había corroborado. Mientras bailaba al ritmo de danzón, había recibido un mensaje. Provenía de su esposa. Se lo había enviado a través del movimiento de sus caderas y Júbilo lo había percibido clarámente. ¡Qué felicidad cuando no había interferencia en la comunicación! Cuando un pequeño click producía una chispa de entendimiento en el cerebro. Esos momentos, sólo se podían equiparar a los de un orgasmo. Las caderas de Lucha, moviéndose cadenciosa y acompasadamente al ritmo del timbal, parecían decirle a su esposo en clave Morse: "Te quiero, Júbilo, te quiero, te quiero…"

En ese instante nada importaba, todo era perfecto. El calor del Trópico, la música, el solo de trompeta, la resonancia de sus corazones y sus deseos...

—Quiero...

—¿Qué quiere don Júbilo? ¿Quiere que le tome la presión?

—Quiero...

—¿No? Entonces, ¿quiere que le levante la cabeza?

—Quiero...

—¿No? Entonces, ¿quiere el pato? O ya sé, ¡quiere agua!

—Quiero... ¡coooger!!!

—¡Ay, don Júbilo! ¡Qué bárbaro es usted! Mejor vuélvase a dormir, cierre los ojitos, ándele... ¿Qué? ¿Quiere que le suba a la música...? Bueno, pero sólo un poquito, porque si no luego no descansa bien y acuérdese que mañana van a venir a visitarlo sus amigos y tiene que estar muy guapo.

III

Qué desesperación me da estar frente a mi papá y no poder comprender lo que dice. Es como observar una estela maya, que encierra todo un mundo de conocimientos en su interior, pero que resulta indescifrable para los profanos. La luz del atardecer se incrusta sobre el perfil de su rostro, poniendo en evidencia sus rasgos típicamente mayas. Su frente aplanada e inclinada, su nariz aguileña, su mentón sumido.

Hace un rato mi papá giró su rostro hacia la ventana en un intento de evadirse. Me imagino que debe de resultarle insoportable no poder hablar. Sus amigos se acaban de ir y dejaron un sabor agridulce en el ambiente. Me imagino que para mi papá más que para mí. Sin embargo, estas visitas me resultan de lo más reveladoras. Me muestran un padre desconocido. Un padre muy diferente al que me enseñó a andar en bicicleta, al que me enseñó a caminar, al que me contaba cuentos, al que hacía la tarea conmigo, al que siempre me apoyó. Resulta desconcertante descubrir al hombre que habita atrás de la enorme figura paterna. Se trata de un hombre extraño y enigmático, que pasó la mayor parte de su vida productiva al lado de sus compañeros de trabajo. Un hombre capaz de emborracharse, de lanzar piropos, de coquetear con una que otra secretaria. Un hombre que alguna vez fue un niño inocente que gustaba de jugar a la pelota en la Alameda de Santa María la Rivera. Un hombre que, en el despertar de su adolescencia, se deleitaba viendo cómo se desvestían sus vecinas. Un hombre que tantas veces bromeó, comió, bailó, llevó serenata, acompañado de estos buenos amigos, de los que sin querer, nosotros, sus hijos, de alguna manera lo alejamos. Es realmente conmovedora la manera en que se quieren y se entienden, al grado de que en algunos momentos de su visita, me sentí relegada, ajena a ese juego de complicidades que existe entre ellos. Basta una frase para que se rían, para que recuerden una anécdota importante, para que se conecten de una manera profunda.

Durante el tiempo que permanecieron en casa, tuve tiempo de observarlos y descubrí que atrás de las bromas y las risas, ocultaban un gran dolor. Todos hacían un esfuerzo enorme por no demostrarlo, pero era obvio que les partía el alma ver a mi papá en el estado en que se encuentra. Aparte de que indudablemente debía asaltarlos el temor de correr con la misma suerte.

Reyes, uno de los que más tiempo tenía de no verlo, casi se suelta a llorar en cuanto lo tuvo frente a él. El recuerdo que tenía de mi padre era el de un hombre fuerte, activo y en pleno uso de sus facultades. El contraste era duro de soportar. Me imagino que le costaba mucho trabajo aceptar que ya nada quedaba de Júbilo el deportista ni del contador de historias. Ante él estaba un hombre extremadamente delgado, postrado en una silla de ruedas, que casi no podía hablar y que había perdido totalmente la vista, pero que afortunadamente aún conservaba su sentido del humor. Gracias a él, todos pudieron superar la tristeza y pasar una tarde agradable.

La presencia en casa de estos queridos telegrafistas, me dejó claro que mi padre no me pertenece. Mi papá, mi querido papá, no es sólo mío. Le pertenece por igual a sus amigos, a las calles del centro, a las escaleras de mármol de Carrara de la antigua oficina de Telégrafos, a la arena de la playa donde aprendió a caminar. También le pertenece al aire, a ése, su elemento preferido, ese que tanto lo extraña, ese que hace tiempo que no vibra con los sonidos de su voz.

Recientemente tuve la visita de mi hijo y mi nuera. Vinieron a darnos a su abuelo y a mí la agradable noticia de que Federico y Lorena van a ser padres. La sonrisa que mi papá nos regaló dejó constancia de lo que el anuncio le pareció. Después de los abrazos y las felicitaciones, me llené de tristeza al darme cuenta de que mi futuro nieto nunca va a conocer la voz de mi padre. Esto me hizo reflexionar sobre el privilegio que tuve de haberla escuchado, haber gozado de sus palabras de aliento. ¡La voz de mi papá! Hasta ese momento me di cuenta de lo mucho que la extraño, de cuánto me hace falta, de que tengo la responsabilidad de hacer que esa voz llegue a las nuevas generaciones y no se pierda para siempre.

Hace unos días, tratando de encontrar un eco perdido, me fui a recorrer el antiguo barrio de mis padres. Busqué el número 56 de la calle de Naranjo, la primera casa en donde vivió mi papá al llegar a la ciudad de México y me encontré con una casa igual de vieja y deteriorada que él. Me dolió como nunca la destrucción arquitectónica. ¿Cómo es posible que nadie se preocupe por conservar el patrimonio nacional? ¿Que a nadie le importe mantener en buen estado la fuente de la Alameda de Santa María donde mi papá aprendió a patinar? ¿Y el Kiosko morisco donde mis padres se besaron por primera vez? Con un nudo en la garganta, caminé por el interior del Museo del Chopo, que tantas veces recorrí de la mano de mi padre. Bendije su estructura de hierro, acero y vidrio, pues ésta le ha permitido resistir admirablemente el paso del tiempo. Recordé cuando ese lugar albergaba al Museo de Historia Natural y había unas vitrinas donde se podían observar una maravillosa colección de pulgas vestidas. A mi ver, las más memorables, aparte de la china poblana, eran las de los novios. La novia con su vestido blanco, velo y ramo de flores, el novio con traje negro y polainas, que yo siempre decía que se parecían a mis papás en el día de su boda, para provocar la risa de mi padre. Me encantaba la manera como su carcajada resonaba en la alta nave de cristal del museo.

Luego visité la casona que por años albergó al Colegio Francés, la escuela donde mi madre estudió. Me recargué en un árbol que está ubicado justo enfrente de la puerta, pero en el lado contrario de la calle, tal y como me imagino que mi padre lo hizo miles de veces mientras esperaba la salida de las "yeguas finas", como les llamaban a las "estiradas" señoritas de uniforme azul marino, con cuello, puños y cinturón blancos y de fino deshilado.

Y no sé si fue a causa de la nostalgia, la tristeza, o de las dos cosas, pero en ese momento algo resonó en mi interior. No sé explicarlo, pero no pude evitar relacionarlo con la textura, el tono y la suavidad que tenía la voz de mi padre. Era una voz antigua, querida, conocida. Era un murmullo casi imperceptible pero que me reconfortó enormemente. Me sentí arropada y protegida como cuando era niña, cuando escuchaba a mi padre llamarme "Chipi-Chipi" mientras me daba el beso de las buenas noches.

Las campanas del reloj del Museo de Geología anunciando las seis de la tarde, rompieron el sortilegio. Tenía que regresar a darle de merendar a mi papá. Rápidamente me dirigí a la panadería "La Rosa", que afortunadamente sigue en pie y me compré unas conchas. Al llegar a casa le preparé a mi papi su chocolate con agua y en vasija de madera, como se lo preparaba su abuela y nos sentamos a comerlas mientras escuchábamos un disco del trío Los Panchos. Y de pronto, como un golpe, me vino la imagen de mi padre cantando esas canciones. Recordé que mi madre me dijo alguna vez que mi papá tenía un trío y que muchas veces él y sus amigos le llevaron serenata. Me pregunto ¿qué sucedió después? ¿Por qué mi papá nunca volvió a tocar la guitarra? ¿Por qué yo nunca lo escuché cantar canciones de amor? Tendré que aprender a escuchar su silencio para encontrar las respuestas.

Siento a mi padre ausente, sumido en sus recuerdos. Me remite a una imagen que tengo grabada en la memoria de las tardes en las que se preparaba una "cuba" y se sentaba en su sillón preferido a escuchar su disco de Virginia López mientras se fumaba un cigarrillo. En esos momentos, no me gustaba acercármele. No lo sentía oportuno. Lo mismo siento ahora. Reconozco en su mirada los deseos que tiene de estar solo. Creo que después de la visita de sus amigos requiere un poco de soledad. Voy a dársela.

Yo también necesito estar a solas. Traigo una idea aguijoneándome la mente.

Durante la visita de hoy, hubo un momento en que mi papá se desesperó tanto de no poder expresarse, que su amigo Reyes improvisó un "telégrafo" para que mi papá pudiera "hablar" con ellos. El mentado telégrafo no era otra cosa que dos cucharas sobrepuestas, una sobre la otra, que al ser golpeteadas por mi papá producían un sonido susceptible de ser interpretado por sus amigos telegrafistas. El experimento no resultó del todo bien, pero funcionó y me dejó entrever que hay una posibilidad de que mi padre se pueda comunicar con nosotros, que hay una clave, la Morse, que me puede ayudar a descifrar el misterio que encierra esta bella cabeza maya.

Mi mamá siempre dice que en esta vida para todas las cosas hay un porqué. A mí me gustaría saber el porqué de la separación de mis padres. ¿Cuál fue el motivo para que dejaran de hablarse? ¿Qué es lo que mi papá no quiso ver que hasta ciego lo dejó? ¿Qué es lo que quiso retener con tanta fuerza, que hasta Parkinson le dio? ¿Qué hizo que esas dos cuerdas de guitarra dejaran de vibrar en armonía? ¿En qué momento esos dos cuerpos dejaron de bailar al mismo ritmo?

IV

Amar es un verbo. Uno demuestra su amor por medio de acciones. Y una persona sólo se siente amada cuando otra le manifiesta su amor con besos, abrazos, caricias y muestras de generosidad. Una persona que ama, siempre procurará el bienestar físico y emocional de la persona amada.

Nadie le creería a una madre que quiere a su hijo si no lo alimenta, si no lo cuida, si no lo tapa cuando hace frío, si no le brinda los medios para que se desarrolle y se haga independiente.

Nadie le creería a un hombre que ama a su mujer si en lugar de proporcionarle el dinero para el gasto se lo bota en borracheras y putas. El que un hombre piense primero en satisfacer las necesidades de su familia que en las personales es un acto de amor. Tal vez por eso, los hombres que son capaces de realizarlo, gustan que se les reconozca y se sienten los más orgullosos del mundo cuando su esposa les dice: "Mi vida, me encantó el vestido que me regalaste."

Pues estas palabras les confirman que fueron capaces de hacer la selección correcta de la prenda, que pudieron pagarla y, finalmente, que son capaces de proporcionar felicidad a su pareja.

Así que nos encontramos que el verbo amar se puede conjugar de dos maneras. O con besos y apapachos o dispensando bienes materiales. El dar comida, el proporcionar estudios, y vestido y cobijo, también se traduce en un acto de amor. Le decimos a una persona lo que la apreciamos cuando la besamos o cuando le compramos los zapatos que tanto necesita. Y en ese sentido, los zapatos cumplen la misma función que el beso. Son una muestra de amor. Pero esto nunca significa que se puedan convertir en un sustituto. Sin amor de por medio, los bienes materiales son una forma de coacción, de corrupción, de la que algunas personas se valen para obtener a cambio los favores de los demás.

Y si bien es cierto que no sólo de pan vive el hombre, tampoco puede sobrevivir de puro amor. Y tal vez por eso es tan triste un enamorado pobre. Por más satisfactoria que sea una relación a nivel emocional y sexual, la falta de dinero puede afectar y minar, poco a poco, hasta la más grande pasión.

Luz María Lascuráin, como niña proveniente de una familia acomodada, estaba acostumbrada a recibir todo tipo de regalos y atenciones. Nunca hubo un juguete que Lucha no pudiera tener, un vestido que no pudiera lucir y un alimento que no pudiera comer.

Fue la más pequeña de una familia de catorce hermanos y, por supuesto, la más consentida de todos ellos. Tuvo a su alcance cuanto necesitó y se podría decir que hasta de más. Los Lascuráin siempre gozaron de mucha popularidad, debido a que fueron los primeros de la colonia en tener teléfono, Victrola y más tarde, radio. El padre de Lucha, don Carlos, estaba convencido de que el dinero era imprescindible para poder integrarse al mundo moderno, para gozar de los beneficios que la tecnología ofrece. Y nunca escatimó un centavo en la compra de todo tipo de artefactos que hicieran más cómoda y llevadera la vida hogareña, cosa que su esposa siempre le agradeció. Al dinero le debía, entre otras cosas, el haber podido trasladar a su familia del norte al centro del país con objeto de protegerla de los peligros que ofrecía la Revolución Mexicana. Cuando Lucha contaba con sólo un mes de edad, se habían mudado a la capital y habían pasado los años de revuelta bajo la protección que les ofrecía la gran casona porfiriana que adquirieron en Santa María la Rivera. El dinero, pues, para los Lascuráin, representaba la seguridad, la tranquilidad y la oportunidad de progreso que podían ofrecer a sus hijos. Con estos antecedentes, resultaba comprensible que a Lucha le fuera forzoso el tener dinero para vivir tranquilamente y para demostrar su amor. Ella creció viendo cómo la posesión de capital aseguraba la felicidad de la familia.

Júbilo, en su niñez, vivió exactamente lo contrario. En su casa, la falta de dinero nunca fue un impedimento para que sus padres se manifestaran el amor que sentían el uno por el otro, y mucho menos para que pudieran expresar el que le profesaban a sus hijos. A pesar de no tener más que para lo indispensable, siempre vivieron rodeados de amor. Don Librado, después del descalabro económico que sufrió cuando quebró la fábrica exportadora de henequén que dirigía, también tuvo que dejar su suelo natal para venir a radicar a la capital, sólo que en condiciones muy distintas a las de los Lascuráin. Los ahorros que tenían les duraron muy poco. Sus hijos tuvieron que asistir a escuelas de Gobierno y olvidarse de cualquier tipo de lujos. Por lo mismo, don Librado pensaba con detenimiento antes de hacer cualquier clase de compra.

Júbilo nunca lo resintió, todo lo contrario. Estaba convencido de que la posesión de ropa y muebles, lejos de proporcionar felicidad, convertían al hombre en esclavo de sus pertenencias. Él creía que uno debía pensar muy bien antes de comprar algo, pues todas las cosas reclamaban cierta atención y con el tiempo se convertían en unas tiranas que exigían cuidados: protegerlas de los amigos de lo ajeno, mantenerlas en buen estado, en fin, poseer significaba depender y él era muy libre como para querer comprar ataduras. Por eso, se frenaba para hacer un regalo costoso. En primera, porque no creía que fuera un requisito indispensable para demostrar el cariño que sentía hacia otra persona y en segunda, porque estaba convencido de que al hacerlo, también estaba regalando una esclavitud, bueno, a menos que se tratara de un bien perecedero como podían ser unas flores o unos chocolates.

Desde su perspectiva, el valor de los objetos radicaba en lo que su compra había significado para la persona que lo obsequiaba y no en el valor económico del mismo. Él no le atribuía ningún valor al dinero y de ninguna manera se atrevía a equipararlo con una demostración amorosa. Por ejemplo, para Júbilo tenía mucho más valor llevar una serenata a las tres de la mañana que comprar una pulsera de diamantes. La primera representaba que había estado dispuesto a no dormir, a pasar frío, a correr riesgo de ser asaltado por un delincuente o a ser bañado por las "aguas" de los vecinos. Y eso era más valioso que un desembolso. El valor de las cosas era muy relativo. Y el dinero era como una gran lupa que sólo distorsionaba la realidad y que le daba a las cosas una dimensión que realmente no tenían.

¿Cuánto valía una carta de amor? A los ojos de Júbilo, mucho. Y en ese sentido él sí estaba dispuesto a derrochar todo lo que guardaba en su interior con tal de manifestar su amor. Y lo decía de corazón, no como parte de un sacrificio. El amor, para él, era una fuerza vital, la más importante que había sentido y experimentado. Sólo cuando una persona sentía su impulso, se olvidaba de sí misma para pensar en otra y desear alcanzarla, tocarla, unirse a ella. Y para eso, no era necesario tener dinero, bastaba con un deseo.

Y él, mejor que nadie, sabía que los deseos y las palabras caminaban de la mano; que eran movidos por la misma intención de enlazar, de comunicar, de establecer puentes entre unos y otros, sin importar que fuera una palabra escrita o hablada. Júbilo encontraba en cualquier palabra esa posibilidad de salir de uno mismo con la intención de llevar un mensaje a otro ser humano. Sus preferidas, claro, eran las palabras viajeras, las que cruzaban el espacio, las que llegaban lejos, hasta lugares inimaginables. Ése era el motivo por el que la radio le provocaba tal fascinación.

La primera vez que escuchó una voz salir de un aparato, le pareció un acto de magia. Fue en casa de Fernando, su hermano mayor, quien lo había comprado para su familia y Júbilo había sido invitado al estreno formal del novedoso invento por sus sobrinos que, curiosamente, eran de su misma edad. Se trataba de un aparato de radio lo suficientemente largo como para que cupieran ocho entradas de audífonos, pues como aún no se habían inventado las bocinas, aquel que quisiera escuchar la señal tenía que ponerse un audífono en la cabeza y sentarse junto a los demás a compartir la experiencia. Esto provocaba que las ocho gentes que se sentaban a escuchar lo mismo, al mismo tiempo, se sintieran unidas de una manera muy especial y se miraran con ojos de complicidad.

Fue hasta su llegada a México que Júbilo conoció cómo funcionaban los radios con bocinas. Recordaba ese momento con mucho cariño pues esa experiencia fue la culminación de un día muy especial.

Corría el año de 1923 y don Librado, su padre, con la intención de que conociera la ciudad donde iba a vivir de ahí en adelante, decidió llevarlo de paseo. Para Júbilo, de recién llegado, todo era nuevo. Cualquier cosa le llamaba la atención. Más que nada, descubrir la soledad. Extrañaba como loco la cálida temperatura de su lugar de origen, la compañía de sus sobrinos, la deliciosa comida del sureste y, sobre todo, el acento yucateco.

En la capital se hablaba distinto. Júbilo se sentía como un extranjero en su propio país. Así que mucho agradeció la oportunidad que le brindaba su padre de familiarizarse un poco con su nueva ciudad. Alquilaron una carretela y en compañía de su madre, iniciaron el recorrido. Al poco rato de haber salido, una lluvia pertinaz se les unió y no se les despegó durante todo el trayecto. El cochero utilizó la lona que normalmente cubría la parte trasera del vehículo, para proteger a sus pasajeros de la lluvia. Júbilo, levantaba la lona con la mano para poder observar la ciudad. Las calles recién mojadas aumentaban la belleza y el encanto de la capital, que en aquel entonces era pequeña. Por el oriente se extendía hasta la estación de tren de San Lázaro, que ahora es la Cámara de Diputados. Por el poniente llegaba hasta el Río Consulado, a la Tlaxpana o a lo que ahora se conoce como el Circuito Interior. Por el lado norte, el límite era el Puente de Alvarado, donde se encontraba la estación de trenes de

Buenavista. Y por el lado sur, la ciudad terminaba en la estación Colonia, que ahora es la calle de Sullivan.

Eso era todo. Pero era más que suficiente para que Júbilo se entusiasmara y se convenciera de que sí iba a poder vivir lejos del mar. El retintín que las ruedas de la carretela producían al deslizarse sobre las piedras de la calle, era un sustituto maravilloso de aquel sonido tan familiar. Aparte, la ciudad, a manera de bienvenida, le había regalado sus mejores ruidos. Júbilo, con gran placer, descubrió que sus calles estaban llenas de crujidos, de murmullos, de chirridos, de bullicio. Y para rematar esa tarde tan especial, al llegar a casa se había encontrado con Chucho, su vecino, quien con la intención de sellar su nueva amistad lo había invitado a escuchar un programa de radio en su casa. Ahí es donde todos los amigos de la colonia se habían dado cita ese 8 de mayo de 1923, para escuchar el primer concierto que se transmitía en la República a través de la estación transmisora *La Casa del Radio*, perteneciente al periódico *El Universal Ilustrado*.

Esa noche, un mundo entero se le abrió ante los ojos, o más bien, ante los oídos. Le pareció increíble que las voces de los locutores fueran susceptibles de convertirse en presencias, en compañía, que hiciera menos doloroso el haberse separado de amigos, escuela, familia.

Obviamente, su amistad con Chucho se acrecentó y juntos pasaron tardes maravillosas escuchando música después de jugar. Se hicieron amigos inseparables y Júbilo siguió a Chucho adondequiera que emigraba, porque los padres de

Chucho parecían sentir una extraña fascinación por las mudanzas. Se cambiaban de casa por placer. A la menor provocación. Afortunadamente, lo hacían dentro de los límites de la colonia, lo cual no afectaba en nada la amistad entre Chucho y Júbilo; a lo más, tenían que ajustar el número de pasos o cuadras que los separaban a uno del otro. Pero nada logró distanciarlos ni que dejaran de verse para escuchar sus programas de radio.

Con el correr de los años, lo único que se alteró fue la frecuencia de sus encuentros. Júbilo entró a la secundaria antes que Chucho y se vio inmerso en un mundo de obligaciones y tareas escolares. Las canicas, el trompo, la pelota y el balero pasaron a formar parte del cajón de los recuerdos. Sin embargo, buscaba a su querido amigo todos los fines de semana para ir al cine, andar en bicicleta o fumar a escondidas. Los períodos de vacaciones, Júbilo siempre los pasaba en Yucatán al lado de su familia.

Fue al regreso de uno de esos lapsos en que se encontró con que Chucho se había mudado nuevamente. Decidió visitarlo lo más pronto posible pues quería presumirle su incipiente bigote. Cuando iba de camino a la nueva casa de su amigo, Júbilo sintió un nudo en el estómago. Era la primera vez que le pasaba. No sabía cómo explicarlo. No le dolía, sólo le temblaba; como si quisiera anunciarle algo. Era parecido a un presentimiento o un miedo.

Al doblar la esquina, distinguió a Chucho y se saludaron con la mano. Chucho estaba platicando con dos amigos, un

81

niño y una niña. Conforme se acercaba a ellos, el miedo se acrecentó, estuvo tentado a dar la media vuelta y echarse a correr, pero no pudo hacerlo pues su amigo ya lo había visto y, es más, el grupo parecía estar esperándolo.

Sin que viniera al caso, recordó la forma en que las palomas que vivían en el techo de su casa habían huido una mañana al presentir el temblor que poco después sacudiera a la ciudad de México.

Antes de dar los últimos pasos comprendió todo. Frente a él se encontraba la niña de trece años más bella que había visto. Chucho hizo las presentaciones correspondientes entre sus nuevos amigos, Luz María y Juan Lascuráin y Júbilo. Y al estrecharle la mano a ella, Júbilo casi se dobla del dolor de estómago.

El contacto con esa piel lo trastornó por completo y le quitó para siempre el sueño. Luz María, con una sonrisa, le comentó que prefería que la llamaran Lucha. Júbilo quiso hablar, pero le costó trabajo y cuando su boca se abrió sólo fue para dejar escapar un gallo lastimero. Todos rieron del cambio de voz que Júbilo estaba experimentando. Júbilo se sonrojó pero también acompañó a sus amigos con una carcajada. El motivo que tenía para reír de esa manera no tenía que ver con el ridículo que acababa de pasar sino con el enorme gusto que le había dado descubrir un sonido nuevo. El sonido del amor.

Se trataba de un murmullo que sonaba a risas, a reventar de olas, a estallido de alegría mezclado con el ruido de hojas secas arrastradas por el viento, a música sacra que vibraba en su estómago, en su cabello, en toda su piel y, por supuesto, en el interior de su oído.

El sonido del amor lo aturdió de tal forma que por un momento lo dejó completamente sordo. Reaccionó hasta que Lucha, encantada por su risa, le hizo una invitación para escuchar el último disco de Glenn Miller en su casa. Júbilo al instante aceptó la invitación y juntos se dirigieron a casa de los Lascuráin.

La casa de Lucha era el centro de reunión más popular. Los Lascuráin eran una familia alegre, generosa y compartida, que siempre tenía las puertas de su hogar abiertas a los demás y en el caso de Júbilo no hicieron la excepción. De inmediato lo recibieron con los brazos abiertos y lo adoptaron entre su grupo de amigos. Júbilo se los agradeció en el alma por varias razones, una de ellas, por la oportunidad que le brindaban de hacer nuevos amigos; otra, por la posibilidad que tenía de escuchar el radio y el fonógrafo, aparatos que en su casa no existían y, la última, pero la más importante, que podía estar cerca de Lucha, esa niña de trece años que lo mantuvo en vela desde ese día y para siempre.

Lucha era dos años menor que él, pero como suele suceder, estaba más desarrollada que Júbilo. Mientras Júbilo apenas experimentaba el cambio de voz y la aparición de un ridículo bello en el bigote, Lucha ya contaba con unos pechos desarrollados y apetecibles y unas caderas que aumentaban día con día. Júbilo soñaba con ella todas las noches y a diario amanecía con la cama mojada. Para ella fueron sus mejores fantasías eróticas. Para ella estuvieron dedicadas desde la primera hasta la última de sus eyaculaciones. El mundo entero giraba alrededor de Lucha y adquiría un color mucho más claro y luminoso.

Poco tiempo después, Júbilo, que cursaba el segundo año de secundaria, aprendió en la clase de Física que el magnetismo de la Tierra era producido por el hierro fundido que giraba alrededor de su núcleo. El profesor les había explicado que tanto en la sangre de los hombres como en la de los animales circulaba un elemento llamado magnetita que les permitía captar la energía electromagnética de la tierra. En algunos, este elemento funcionaba mejor que en otros. Esto explicaba por qué algunos animales podían "presentir" los cambios que la tierra iba a experimentar bajo su superficie, como en el caso de los terremotos y, antes de esperarse a morir aplastados, huyeran.

Júbilo de inmediato recordó el día en que conoció a Lucha. De seguro, su magnetita personal había entrado en concordancia con el centro magnético de Lucha y trató de prevenirlo del desastre. Quiso informarle que su vida estaba en peligro o, al menos, la vida que hasta entonces había llevado. Decirle que de ese momento en adelante, su historia se iba a contar de manera diferente: antes y después de conocer a Lucha, pues ese encuentro, definitivamente, le había cambiado para siempre la vida.

Júbilo consideraba que el hierro que circulaba en la sangre de Lucha debía de ser muy especial pues lograba producir un magnetismo muy parecido al de la Tierra, ya que esa niña atraía los deseos de los hombres como el néctar a la abeja. Y esos deseos, al no ser correspondidos, permanecían girando a su alrededor, provocando que su magnetismo natural aumentara a niveles alarmantes.

No había nadie en la colonia que no quisiera ser su novio, que no anhelara darle su primer beso de amor, que no deseara fundirse en ella. El afortunado fue Júbilo. A los pocos meses de conocerse, durante una posada navideña, le había declarado su amor y ante la sorpresa de propios y extraños Lucha, la inconquistable, le había dado el sí.

Los primeros meses de noviazgo, Júbilo había sido el novio más respetuoso. Simplemente la tomaba de la mano y le daba besos leves en la boca. Pero poco a poco se fue atreviendo a más.

Lucha recordaba perfectamente bien la primera vez en que Júbilo le había introducido la lengua entre sus labios. Fue una sensación muy extraña. No sabía a ciencia cierta si le había parecido agradable o no. Lo único verdadero era que al día siguiente no había podido mirarlo a los ojos sin sonrojarse.

De ahí, habían pasado a darse unos largos abrazos, acompañados de sus respectivos besos. Con el correr del tiempo y la confianza, por no decir la calentura, habían proseguido con unos abrazos más apretados en los que sus cuerpos se juntaban… y mucho, al grado que Lucha llegó a sentir claramente en su pubis cómo se endurecía el miembro viril de Júbilo.

De esos abrazos surgieron unos tímidos deslizamientos de la mano de Júbilo por la espalda de Lucha. Y ahí fue donde empezaron los problemas para ella.

Lucha estaba acostumbrada a tener todo lo que quería y ahora que ardía en deseos de que Júbilo no sólo le acariciara toda la espalda sino un poco más abajo también, tenía que reprimir los deseos de pedírselo. Lo mismo le pasaba cuando Júbilo la tomaba de la mano mientras escuchaban música sentados en la sala. Algunas veces, Júbilo, sin querer, queriendo, le rozaba con la mano las piernas y a Lucha se le ponía la piel chinita. La excitaba mucho la posibilidad de que Júbilo le acariciara abiertamente las piernas y que subiera su mano hasta sus partes íntimas, pero esa posibilidad estaba censurada por los convencionalismos sociales. El caso es que por una cosa o por otra, pero después de una visita de Júbilo, Lucha terminaba invariablemente con los calzones húmedos, las mejillas encendidas y la respiración agitada.

Cada día buscaban con más urgencia la oportunidad de estar a solas pero no siempre lo lograban pues nunca faltaba por ahí un metiche que los observara, ya fuera alguno de los hermanos de Lucha, que aún no se casaban, sus padres o la servidumbre.

Sin embargo, un día se les presentó una oportunidad única. Una hermana de don Carlos había fallecido y toda la familia acudió al sepelio. Lucha se quedó en casa pues tenía un dolor de cabeza tremendo. El origen de la enfermedad no era otro que el deseo reprimido y acumulado en todos los siete años que llevaban de novios. En cuanto se quedó sola en casa, Júbilo llegó a hacer su visita acostumbrada. Juntos pasaron a la sala y mientras escuchaban un disco de Duke Ellington, Lucha le tomó la mano a Júbilo y la colocó directamente sobre sus senos. Júbilo, entre sorprendido y satisfecho, aceptó la cordial invitación y se los acarició con apasionada ternura. Ese día, Lucha supo que había llegado el momento de casarse con Júbilo pues no estaba bien visto que una señorita le permitiera a su novio ese tipo de caricias. ¡Y hasta ahora comprendía el porqué! Era obvio que a partir de ese momento no había vuelta atrás. La pasión, irremediablemente, iba a ir en aumento y ella ya no podía más. Estaba cansada de resistir el llamado del deseo. Por otro lado, si se abandonaba en sus manos, iba a ser imposible que llegara virgen al matrimonio, tal y como sus padres esperaban.

A Lucha le parecía totalmente absurda esa postura social. Si la pureza de una mujer se quebrantaba al momento de perder la virginidad, significaba que lo más impuro del mundo era un pene y ella no estaba de acuerdo. Por muchos años las monjas de su escuela le habían enseñado que Dios había hecho al hombre a su imagen y semejanza. Luego, no podía haber una parte del cuerpo humano que fuera impura pues correspondía a una emanación divina.

Aparte, se le hacía de lo más absurdo pensar que Dios le hubiera dado manos a los hombres para que no tocaran y clítoris a las mujeres para que nunca lo estimularan. Claro que nunca se le ocurrió utilizar este argumento para convencer a sus padres de que la dejaran casar con Júbilo. No. Utilizó otros muchos hasta que logró convencerlos de que estaba totalmente encaprichada y que más les valía dejarla casar, a pesar de que Júbilo, a sus veintidós años, no podía ofrecerle un futuro prometedor.

Lucha se había salido con la suya, pero ahora que ya tenía lo que tanto deseaba, se daba cuenta de que le faltaban muchas otras cosas. Nunca se esperó que estar casada fuera tan difícil y mucho menos lo que significaba estar casada con un hombre pobre. Sus padres se lo habían advertido, pero ¿quién escucha los consejos de los padres cuando está enamorada y muy pero muy caliente? Nadie.

Los momentos en que estaba en la cama con Júbilo eran maravillosos, pero luego Júbilo se iba a trabajar y dejaba a Lucha sola. En cuanto Júbilo cerraba la puerta, la casa se quedaba en silencio. Las risas se iban con él. Lucha no tenía con quien hablar. Extrañaba a su familia. Extrañaba a sus amigas. Extrañaba el bullicio de la casa de sus padres. Extrañaba los gritos de los pregoneros. Extrañaba el sonido del silbato del carrito de camotes. Extrañaba el trino de los canarios de su casa. Extrañaba su Victrola. Extrañaba sus discos. Si al menos tuviera un radio ¡no se sentiría tan sola!, pero no lo tenía y no veía una posibilidad de tenerlo a corto plazo, pues Júbilo ahorraba hasta el último centavo que les sobraba, con la intención de comprar algún día una casa.

Lucha se sentía cada día más invadida por una gran nostalgia. No tenía nadie a mano para externar sus preocupaciones. En los pequeños pueblos a donde iban, no le daba tiempo para establecer en un mes una amistad a la que pudiera confiarle sus problemas. Encontraba que la gente de provincia era muy cerrada y chismosa. No se daba cuenta de que su presencia, de por sí, resultaba escandalosa. Su corte de pelo y su manera de vestir, que parecían copiados de una revista de modas, necesariamente levantaban cuchicheos a su paso. Esto sin descartar que, efectivamente, a la gente le gustaba criticar a todos aquellos que se comportaban de forma diferente y ella era el blanco perfecto.

Era una mujer joven, bella, que vestía como artista de cine y que ¡conducía su automóvil! Cómo no iba a llamar la atención. El caso es que Lucha se sentía sola y en Huichapan más. La lluvia la hacía entrar en estados de melancolía profundos. Resentía grandemente no poder entrar en contacto con el Sol. Su mamá le había enseñado desde pequeña que el Sol purificaba y blanqueaba la ropa. Lucha sentía que su poder purificador iba más allá. Estaba convencida de que también limpiaba las impurezas del alma. Y en su casa de México, bueno, en su ex casa, en la casa de sus padres, siempre había podido salir al jardín y tenderse al sol en los momentos en que necesitaba ahuyentar la tristeza.

Para una niña que creció rodeada de mimos y halagos, la vida al lado de Júbilo resultaba difícil de sobrellevar. Y no era porque le faltara amor ni porque él no le proporcionara aten-

ciones suficientes, sino porque la vida de casada que estaba llevando no era la que había esperado. Lucha, se imaginaba que, al igual que su madre, iba a tener sirvientas que se encargaran de todas las labores hogareñas para que ella sólo se dedicara a tocar el piano, a recibir a sus amistades y a ir de compras.

Sus padres la habían educado para ser una princesita. Estudió en una escuela de señoritas donde aprendió a hablar inglés y francés. Sabía tocar el piano, bordar y poner la mesa con toda propiedad. Había tomado clases de alta cocina. Así que sabía cocinar, pero en estufa de gas, no de carbón. Dominaba la cocina francesa, pero no la mexicana. De México en realidad no conocía mucho y de su cocina menos. Para ella, México se reducía a la capital, más aún, a los límites de su colonia. Ella creía que en todas las casas de la República Mexicana se comía como en su casa y que las sobras del día se guardaban en un refrigerador. En ningún momento se imaginó que si quería una taza de café al levantarse, primero tenía que encender el fuego en la estufa. No sabía cómo hacerlo. Ninguno de los estudios que tenía le servía. Hasta ahora estaba aprendiendo todo lo que ningún maestro le había enseñado antes: para empezar, que la comida que no se refrigeraba se echaba a perder, que se pudría, se agusanaba y se enlamaba. Se requería de una mente muy organizada para sobrevivir sin refrigerador. Para saber qué comprar y en qué cantidades. Los refinamientos de su educación tampoco le valían a la hora de lavar la ropa en el fregadero. No tenía la menor idea de cómo hacerlo. En su casa, su mamá contaba con una lavadora de ropa de rodillos, último modelo, y lavar a mano le resultaba muy complicado. Por otro lado, ninguno de los vestidos que tenía era el adecuado para ejecutar las labores hogareñas. Se sentía completamente fuera de lugar, como un gringo en la pista de baile.

Lo único bueno era que contaba con todo el apoyo de Júbilo. A su lado todos los problemas se desvanecían. Ese México desconocido aparecía ante sus ojos con rostro sonriente. Al lado de su esposo, la comida de los mercados le sabía deliciosa y hasta la caca de los caballos olía a gloria. Gracias a Júbilo, Lucha pudo conocer al verdadero México, al de provincia, al de los pobres, al de los indios, al olvidado. Aquel que poco a poco se cubría de vías de tren y postes telegráficos, que se esparcían por toda su superficie como una telaraña. Y Lucha no podía dejar de sentirse como una mosca a punto de ser atrapada por la araña, por esa fuerza oculta que se escondía atrás del progreso. Los cambios que estaba viviendo y los que sentía que se avecinaban, la mantenían intranquila. Todo le resultaba nuevo y ella no se sentía lo suficientemente preparada para el cambio. Sobre todo, resentía la falta de dinero; si lo tuviera, todo sería muy fácil. Podría comprarse unas enaguas y unos rebozos que la hicieran sentirse menos fuera de lugar en los mercados pues las bolsas de yute, donde cargaba su mandado, ya le habían arruinado todas sus medias de seda. Su nueva vida le exigía nueva ropa, nuevo peinado, nuevos zapatos y no tenía dinero. Y la persona de la cual ahora dependía económicamente tampoco.

Se casó sabiendo que se unía a un hombre muy joven y muy pobre, que apenas estaba iniciando su carrera de telegrafista y que aún no estaba establecido, pero nunca se imaginó todo lo que esto significaba. A ella lo único que le urgía era perder su virginidad y ahora tenía que afrontar las consecuencias y olvidarse de su vida de niña mimada. Ya no contaba con la ayuda de su madre, ni de sus hermanos, ni de su nana, ni con el apoyo económico de su padre. Ahora tenía que vérselas sola. Encender el fuego en las mañanas, cocinar con leña, lavar la ropa a mano, sacudir, trapear, sobrevivir sin perfumes y sin su pasta dental *Colgate* y procurar que Júbilo no notara su insatisfacción. No se lo merecía. Era muy bueno con ella y le daba todo lo que podía, que no era mucho, pero lo hacía con verdadero amor. Tenía que reconocer que se esforzaba por hacerla feliz y que, mientras estaba a su lado, no extrañaba ni su colonia, ni su círculo social, ni sus fiestas, ni su tocadiscos, ni su radio; pero cuando se quedaba sola, se ponía a llorar y más cuando contaba el dinero para hacer las compras del día. Para ir al mercado tenía que recolectar hasta el último centavo y hacerlo rendir lo más que podía. Mientras recorría los puestos y hacía cuentas, ejercitaba su imaginación, para encontrar la manera de preparar una comida completa con la menor cantidad de ingredientes. Y cuando tenía todo lo necesario, caminaba de regreso a casa pensando en la variedad de opciones que había o que conocía para prepararlos, sin dejar de soñar ni un momento en el día en que los apuros económicos desaparecerían de su vida.

La noche en que Júbilo había ganado en el poker, Lucha creyó que ese momento había llegado y, de inmediato, le entró una obsesión por gastarse todo el dinero, pero Júbilo se lo impidió, lo cual se convirtió en el motivo de su primera pelea. Lucha le reclamó airadamente a su marido que no se diera cuenta de todas las cosas que necesitaba y Júbilo le respondió que precisamente porque lo notaba, consideraba imprescindible ahorrar todo el dinero que tenían. De esa manera, en poco tiempo podrían comprar una casa decente y lo más cerca posible de la familia de Lucha, para que no extrañara su vida de antes. Uno veía una solución a corto plazo y el otro a largo plazo. Una buscaba un paliativo y el otro un alivio definitivo al problema. Finalmente, después de un rato de pelea, tomaron un acuerdo intermedio. Júbilo accedió a que Lucha se comprara un par de enaguas y un rebozo y Lucha a no tocar el dinero restante.

La posibilidad de poder comprarse algo tenía a Lucha muy complacida. Y se podía decir que la adquisición de su rebozo literalmente le cambió la vida. Descubrió una prenda realmente útil y bella que de ahí en adelante, se convirtió en un accesorio indispensable en su vestimenta.

Lucha caminaba muy oronda con su rebozo al cuello. Se sentía otra mujer. Era la primera vez, desde que se casaron, que salía de compras. Estaba tan entusiasmada que cuando caminaba de regreso a casa, se detuvo en el estanquillo a por unas velas. Sobre el mostrador, había un vitrolero con chiles en vinagre y otro con aceitunas. El olor de las aceitunas inundaba el ambiente. Lucha no pudo resistirse por mucho tiempo a comprar unas. Tenía un antojo incontenible de mordisquearlas pues hacía meses que no comía una. Y ahora, que se estaba dando sus antojos, era el momento. Le pidió al tendero 100 gramos y cuando abrió su monedero descubrió que el dinero ya se le había esfumado. Le alcanzaba para pagar las velas pero no las aceitunas. Trató de ajustar la cantidad que debía con los centavos que le sobraban y, en ese momento, entró a la tienda don Pedro y de inmediato se dio cuenta de la penosa situación por la que Lucha estaba atravesando. Sin pensarlo dos veces, sacó de su bolsa las monedas que faltaban para completar el pago y las puso sobre el mostrador, al tiempo que decía:

—Permítame, por favor.

Lucha giró su cabeza y se encontró con aquel rostro mal encarado que ni con la mejor de sus sonrisas podía parecer amable y que pertenecía nada más y nada menos que al hombre al que su marido había ganado en el poker. Lucha, delicada pero firmemente, retiró las monedas y le respondió:

—De ninguna manera. Es usted muy amable, pero no es necesario que se moleste, al rato regreso y pago.

—Una mujer tan guapa como usted no merece andar caminando en la lluvia. Por favor acepte mi respetuosa ayuda.

—Le repito que se lo agradezco pero no es necesario, no

me cuesta ningún trabajo ir a mi casa y regresar pues vine en mi coche, no caminando bajo la lluvia.

—Bueno, pues de cualquier manera, no me parece correcto hacerla dar dos vueltas. Por favor no me ofenda, tres centavos no son tan importantes como para quitarle el sueño a nadie. Concédame el honor de poder servirle en algo.

Don Pedro tomó la mano derecha de Lucha y depositó en ella un beso liviano, dando con esto por terminada la discusión.

Lucha no supo qué hacer. A leguas se veía que ese hombre nunca había aceptado una negativa y como el antojo por las aceitunas había crecido considerablemente, optó por apresurar un "gracias", tomar su mercancía y salir de la tienda con la sensación de que acababa de hacer algo malo. Para nada le había gustado la sonrisa de satisfacción que se había dibujado en el rostro de don Pedro cuando ella había aceptado su dinero. No sabía a qué atribuirla. Ignoraba que a don Pedro le había resultado obvio descubrir cuál era el Talón de Aquiles de Júbilo y por dónde podía atacarlo.

Las aceitunas no le supieron a Lucha tan bien como esperaba. Su estómago estaba revuelto, estremecido y temblando. Por un lado tenía la desagradable sensación de que acababa de hacer algo malo y, por el otro, la enorme satisfacción de haberse dado un gusto. Era un sentimiento encontrado. No sabía identificar lo que en esos momentos pasaba en su interior. Se sentía avergonzada, como si en algo le hubiera faltado a Júbilo. Como si le hubiera abierto las puertas de su

95

casa al mismísimo Luzbel. Como si Júbilo y ella estuvieran al borde del peligro, a punto de enfrentarse con algo temible y desconocido. Era como un presentimiento que la intranquilizaba, que la agitaba y que le provocaba un tipo de náusea que nunca antes había experimentado. En algo se parecía a lo que había sentido el día en que le habían presentado a Júbilo, pero ahora era totalmente diferente. En aquella ocasión el cosquilleo en el estómago había sido muy agradable. Le había temblado, sí, pero más como una reacción de gusto que de otra cosa. Había sido parecida a la respuesta que tiene un tambor cuando alguien lo golpea. Su estómago, de la fuerte impresión había trepidado un buen rato. La diferencia estribaba en que la primera vez, su estómago había entrado en sintonía con la energía amorosa que Júbilo le había enviado. En cambio, ahora, entraba en concordancia con una parte escondida, oscura, ignorada, negada, pero que ahí estaba, acechando y dispuesta a sacudirla completamente, a hacerla "resonar" con furia, a conectarla con ese sol negro, con esa luz oscura.

Lucha sentía que esa energía desconocida se había apoderado totalmente de su alma. No podía quitarse de la mente la desagradable sensación que le había producido el roce de los labios de don Pedro sobre su mano. Le daba asco recordarlo. Ese beso la hacía sentirse pecadora. Como si a partir del momento en que lo había recibido hubiera perdido para siempre la inocencia. Como si ya nunca pudiera volver a ser lo que era.

Tratando de tranquilizarse, se dirigió hacia la Oficina de Telégrafos. Quería oír la sana risa de Júbilo. Quería sentirse limpia. Quería borrar esa desagradable experiencia y sólo podía hacerlo en compañía de su esposo. A su lado, todo era luminoso.

Júbilo se puso feliz con la inesperada visita. La sonrisa de su rostro, hizo que Lucha se olvidara por un momento de todas sus preocupaciones. Los ojos de Júbilo resplandecían de tal forma que, en una fracción de segundo, lograron el mismo efecto que los rayos de sol que Lucha tomaba en el jardín de su casa cuando quería purificar su alma. Nuevamente se sintió la misma, limpia, pura, liviana. Júbilo le pidió que lo esperara unos minutos a que terminara de atender a una señora; pronto sería la hora de la comida y quería regresar a casa junto a ella. Lucha aceptó con agrado y se alejó unos metros del mostrador para dejar a su marido trabajar en paz.

La señora en cuestión era una marchanta del mercado que estaba atravesando por la misma situación que Lucha acababa de pasar. No le alcanzaba el dinero que traía para pagar el telegrama que tenía que enviar. A Lucha se le llenaron los ojos de agua y volteó la mirada hacia la calle para que Júbilo no lo notara.

La verdad, no era necesario que lo hubiera hecho, pues su marido, con la generosidad que lo caracterizaba, estaba tan concentrado en solucionar el problema de la señora que no tenía ojos más que para lo que estaba escribiendo. Le había sugerido a la marchanta que lo dejara redactar el mensaje de otra forma, de manera que le alcanzara para pagar. El telegrama original decía: "Sé que debo dinero a sus mercedes y no he podido pagarles. Mas sin embargo, necesito diez cajas de jitomate. Les suplico las envíen. En cuanto las venda les pago todo."

Con la intervención de Júbilo, el mensaje quedó de esta manera: "Tengo apalabrado buen negocio. Vendiendo diez cajas de jitomate puedo pagarles lo que debo. Urge las manden."

Ahorraron catorce palabras y de pasada Júbilo se encargó no sólo de corregir las fallas gramaticales que el telegrama contenía sino que esa humilde mujer realmente recibiera el envío.

Lo malo fue que le dio tiempo a Lucha de quedarse nuevamente sola con sus pensamientos y de lamentarse por lo sucedido en la tienda de abarrotes. Le achacaba la culpa de todo a la falta de dinero. Si ella hubiera contado con fondos suficientes, no tendría que haber aceptado la ayuda económica de don Pedro.

La estrechez económica provocaba todo tipo de desgracias. Ahora mismo esa pobre mujer, con la que se identificaba por completo, estaba sufriendo por la falta del dinero como ella en la tienda de abarrotes. No le gustaba descubrir la pobreza, verse expuesta a ella. Se sentía vulnerable e indefensa. La atemorizaba depender de un hombre pobre.

El mundo estaba diseñado para los ricos. Los pobres no tenían oportunidad de nada. Ahora entendía por qué se había originado la Revolución Mexicana. Ser pobre era espantoso. Y de no haber sido porque tenía que viajar al lado de

Júbilo por toda la República, nunca se habría imaginado las condiciones en las que vivían miles de mexicanos. Ella conocía Europa mejor que su propio país y le dolía descubrir la miseria. Para que en una casa haya un plato de sopa se necesita dinero. Para que la tierra produzca frutos, se necesita dinero. Para poder viajar de un lado a otro, se necesita dinero. Para construir una casa se necesita dinero. Para levantar postes telegráficos se necesita dinero. Para poder comunicarse con la gente querida se necesita dinero. Y cuando una mujer dependía de otro para obtenerlo, se veía limitada en su poder de decisión.

El que paga manda. Los dueños del dinero determinaban qué, cómo y cuánto comía un campesino. Qué tipo de maíz sembraba. Bueno, ¡hasta a qué hora ponían las gallinas! No le parecía justo que para enviar un telegrama se tuviera que pagar. Que alguien condicionara la comunicación entre las personas y que sólo aquel que tuviera dinero pudiera tener acceso a un medio de comunicación que debía pertenecer a todos. Ésa y muchas cosas más le molestaban a Lucha pues no estaba acostumbrada a que nadie le dijera qué hacer con su vida. Lo único que le encantaba era que Júbilo ya había terminado de atender a la marchanta y podían irse a casa.

La cercanía de Júbilo la reconfortó de inmediato. A su lado todos los problemas desaparecían, nada parecía ser un obstáculo insalvable. Júbilo tenía esa virtud. La falta de dinero de inmediato pasó a segundo plano. No necesitaba de monedas para acariciar la mano de su esposo, para verlo a los ojos, para besarlo apasionadamente y para disfrutar de su erección. Al momento de entrar a su casa, se habían ido directo a la recámara a hacer el amor como locos. Lucha estaba disfrutando como nunca la forma en que el pene de Júbilo le acariciaba la vagina y por lo mismo se sorprendió mucho cuando Júbilo se separó bruscamente de ella para decirle:

—Te siento diferente, Lucha, no eres la misma...

El corazón de Lucha casi se detuvo por completo. Se sentía descubierta. No sabía cómo, pero sospechaba que Júbilo ya sabía que ella había aceptado tres centavos de don Pedro. Desvió su mirada para que Júbilo no viera su desconcierto y a la velocidad del rayo comenzó a buscar una disculpa confiable, pero sólo alcanzó a balbucear:

—¿Diferente? ¿Cómo?

Júbilo no le respondió, se dedicó en cambio a inspeccionarle el vientre con la palma de la mano. De pronto Júbilo soltó una carcajada que inundó toda la habitación.

—¡Estás embarazada! ¡Mi amor... estás embarazada!

Y comenzó a llenarla de besos. Lucha se quedó sorprendida. Efectivamente, tenía una semana de atraso en su menstruación, pero como no era mucho tiempo no había considerado esa posibilidad.

—¿Cómo lo sabes?

—Lo sentí, no te lo puedo explicar, pero tienes una energía diferente.

Era la primera vez que Lucha oía algo parecido. Sabía de la sensibilidad que Júbilo tenía en las manos, pero dudaba que fuera para tanto. Sin embargo, quería creerlo. No sonaba tan descabellado. Viéndolo bien, era muy probable que así como los médicos podían diagnosticar a un paciente poniéndole una mano sobre el vientre, mientras la golpeaban suavemente con la otra, hasta descubrir por medio del sonido, la forma en que el impacto del golpe repercutía en los órganos internos, era posible que Júbilo pudiera captar la forma en que su aparato reproductivo resonaba.

Lucha no dudó más y de inmediato dio por hecho que se encontraba embarazada. Tenía que creerlo. Sólo eso justificaba su mareo y la náusea que había sentido cuando don Pedro le había besado la mano. Sólo así las cosas cobraban sentido. Y visto desde esa perspectiva, lo que ella había hecho no era tan malo. Un antojo de embarazada era suficiente excusa para su alma, pues de no haberlo cumplido, habría corrido el peligro de que su hijo naciera con cara de aceituna.

Con lágrimas en los ojos, se abrazó a Júbilo y juntos festejaron el gran acontecimiento, ignorantes de que la desgracia ya los había elegido como víctimas.

V

Don Júbilo despertó con la respiración agitada. Los últimos días había tenido una pesadilla recurrente: estaba buceando en el fondo del mar, pero no traía traje de buzo, sin embargo, podía respirar como si lo trajera. Sus movimientos eran lentos y acompasados. El agua era tibia y agradable, unos peces de colores lo acompañaban en su recorrido. Una suave luz le permitía ver a la distancia. De pronto, escuchaba el murmullo de unas voces, seguidas por unas risas. Los sonidos provenían de la superficie. Júbilo levantaba su cabeza y observaba la luz intensa del sol que se filtraba a través del agua, provocando resplandores luminosos. En ese momento, sin razón aparente, reconocía el mar. Era el mismo mar en el que había aprendido a nadar. Podía identificar plenamente a esas aguas como las que bañaron por tanto tiempo la playa de la casa de sus padres.

Júbilo lo sabía. Y esas risas que escuchaba a la distancia, pertenecían a las de su abuela Itzel, a doña Jesusa, su madre, a don Librado, su padre, Júbilo sentía deseos de unirse al grupo para compartir con ellos las risas. Hacía el intento por nadar, para salir del agua, pero sus pies estaban anclados en la arena. Por más que lo intentaba, no podía moverlos. Entonces, comenzaba a gritar, pero nadie lo oía. Los sonidos salían de su boca atrapados en burbujas de aire, pero al llegar a la superficie del agua se reventaban sin que saliera ningún sonido de su interior. Júbilo se desesperaba, gritaba cada vez más fuerte, pero obtenía peores resultados. El agua comenzaba a entrar a sus pulmones, se empezaba a ahogar sin que nadie pudiera prestarle ayuda.

Por fortuna, en esta ocasión, su hija Lluvia había llegado a despertarlo.

—Papi, ya llegaron tus amigos. ¿Qué pasa? ¿Tenías una pesadilla?

Don Júbilo respondió con un movimiento afirmativo. Desde hacía un mes, prácticamente no podía hablar. Tenía que realizar grandes esfuerzos para que unos tenues sonidos salieran de su boca, que desgraciadamente resultaban incomprensibles para los que lo escuchaban.

Cuando buscaba una salida a tal situación, Lluvia recordó el experimento de don Chucho con las cucharas y de inmediato inició la búsqueda de un aparato de telégrafo. El primer sitio al que acudió, había sido a una Oficina de Telégrafos y cuando les preguntó por él, casi se rieron de ella.

El telégrafo, como tal, hacía muchos años que había desaparecido y nadie le supo informar dónde podía encontrar uno. Se le ocurrió entonces que tal vez en La Lagunilla podría localizar un aparato en buen estado y tras varias visitas infructuosas, se convenció de que no. Luego, no le quedó otro remedio que encaminar su búsqueda hacia las tiendas de antigüedades y tuvo que recorrer varias, tanto en la capital como en la provincia, hasta dar con un telégrafo.

Cuando lo tuvo en sus manos, su primera intención fue decírselo a su padre, pero se contuvo. No quería hacer nada que pudiera alterarlo. Si su padre lo sabía, de seguro lo iba a querer utilizar de inmediato y podría ser muy frustrante para él enviar mensajes que nadie pudiera interpretar. Sus hijos le informaron que existía un programa mediante el cual uno podía meter información a la computadora utilizando la clave Morse en vez de hacerlo a través del teclado normal. A partir de ahí, el programa "traducía" la información que estaba recibiendo por medio del telégrafo en palabras habladas, al mismo tiempo que las representaba de manera escrita en la pantalla y de modo que todos podrían entender lo que su papá estaba "diciendo". A Lluvia le pareció un invento maravilloso. Velozmente había comprado uno, pero tardaría tres semanas en llegar a su casa por correo. Para no perder tiempo, decidió aprender a manejar el telégrafo ella misma o, al menos, recibir un curso básico que le permitiera entender las primeras palabras que su papá iba a "pronunciar" sin necesidad del programa de la computadora. Al primero que buscó para recibir el entrenamiento adecuado fue a don Chucho, el amigo de infancia de su padre, pero desgraciadamente éste no pudo prestarle su ayuda pues tenía a su esposa hospitalizada a causa de una trombosis cerebral. Entonces llamó a Reyes, el antiguo compañero de trabajo de su padre para que la enseñara la clave Morse. Aurorita, la enfermera, se unió al grupo. Ella no se quería quedar atrás. Había sido la enfermera de don Júbilo el tiempo suficiente para que se diera entre ellos una relación afectiva de lo más sólida. Con el correr de los años, don Júbilo se había convertido en su gran amigo, su confidente, su consejero. Gracias a sus sabios consejos Aurorita había aprendido a manejar mejor sus crisis de pareja, a reírse de sus problemas y a ver la vida positivamente. Le estaba tan agradecida a don Júbilo que haría lo que fuera con tal de corresponder en algo las muestras de cariño y solidaridad que desinteresadamente le había prodigado. Aurorita ponía en sus clases el mismo cariño e interés con el que le leía a don Júbilo, con el que lo sacaba a pasear, con el que le daba masajes, con el que le daba de comer en la boca.

La tercera integrante del equipo de aprendices fue Natalia, la enfermera de la noche, a quien todos, de cariño, llamaban Nati y, al igual que Aurorita, había establecido una relación muy cercana con don Júbilo, al grado de que a veces Lluvia se despertaba en la madrugada a causa de las risas que provenían del cuarto de su padre, a pesar de que dormía con la puerta cerrada. Las bromas de don Júbilo actuaban las veinticuatro horas del día y la fresca risa de Nati se las celebraba con singular entusiasmo. Era la mejor compañera en sus noches de insomnio. Tenía un sentido del humor maravilloso y una capacidad de ternura realmente única. Era una mujer bajita y rechoncha que había adoptado a don Júbilo como a un hijo pequeño al que le cambiaba el pañal, al que bañaba, al que arropaba y al que dormía susurrándole sus boleros preferidos y acariciándole maternalmente la frente.

Nati y Aurorita eran unos elementos importantísimos en el trío de "mujeres" de don Júbilo, quienes extrañaban como locas sus palabras de aliento, sus consejos y sus historias. Las cuerdas vocales de don Júbilo, tensas a más no poder a causa de los medicamentos para controlar el mal de Parkinson, constituían unos recios barrotes que mantenían encarceladas en su interior a las palabras. Y Lluvia, Nati y Aurorita esperaban ansiosamente el momento en que esas palabras se liberaran de la prisión que las mantenían hechas nudo en la garganta.

El telégrafo se presentaba como el gran salvador, como el gran liberador, y una vez más como el enlazador de voluntades y cariños. Y Lluvia, que por tanto tiempo se había resistido al uso de la tecnología, ahora no podía más que bendecirla, pues gracias a ella su padre iba a poder comunicarse con el mundo nuevamente. La dificultad más bien radicaba en que Lluvia no pertenecía a la generación de las computadoras. Sus hijos sabían manejarlas pero ella no. Tenía cincuenta y un años y era una mujer deportista y muy activa. No se sentía vieja para nada, sin embargo, al entrar en contacto con el mundo de las computadoras, descubrió que pertenecía a la generación del *on-off* que sólo sabía encender y apagar los aparatos y que se encontraba a años luz de las nuevas generaciones. Su torpeza para manejar esos complicados mamotretos constituía una brecha generacional insalvable.

Lluvia, con trabajos, sabía manejar una videocasetera, y lo hacía de manera muy elemental. Podía ver una película tranquilamente, pero no programar el aparato para que grabara de la televisión de manera automática. A los instructivos de manejo no recurría ni muerta. Le parecía que para entenderlos uno debía tener un doctorado en Harvard. Así que cuando compraba un nuevo aparato electrónico, en lugar de complicarse la vida, le pedía a sus hijos que le explicaran cómo manejarlo y guardaba los instructivos en un cajón. Y ahora, la vida se empeñaba en hacerla entender el funcionamiento de una computadora. Se volvía loca con ella. No entendía nada.

"Subir" y "bajar" información le parecía cosa de locos. ¿De dónde se bajaba? y ¿adónde se subía? ¿Dónde quedaba almacenada? Cuando uno subía información a un portal, ¿en dónde quedaba? Perla, su hija, se encargó de aclararle que cuando uno se conectaba al Internet se enlazaba con una red internacional de usuarios. Eso sí le gustó. El sentir que a través del Internet uno se conectaba con todo el mundo era muy bello.

Las enfermedas / Lluvia aprendaron / computadora y la / clave Morse / para entenderse / lo que Júbilo.

El Internet, visto desde la mirada cursi de Lluvia, mostraba su lado más amable y parecía totalmente inofensivo. Claro que ni Perla ni Federico se atrevieron a comentarle a su madre que, por ejemplo, el movimiento neonazi lo estaba utilizando como medio para organizar actos criminales y que con un par de *clicks* cualquiera podía obtener información suficiente hasta para fabricar una bomba atómica. No tenía caso. Como en todo, hay gente que utiliza la tecnología con fines humanitarios y otros en sentido contrario. Pero para qué hablar de ello. Su mamá ya bastante trabajo tenía en su intento de aprender computación y clave Morse al mismo tiempo.

Y si Lluvia pasaba apuros, las pobres de Aurorita y Nati no se diga. Ellas en la vida habían manejado una computadora y al poner sus manos sobre el teclado se sentían igual de extrañas que el primer hombre en la Luna. Sin embargo, el cariño por don Júbilo, pudo más que los obstáculos y Lluvia se quedó sorprendida de la capacidad de aprendizaje que esas humildes mujeres tenían. Perla se divertía mucho con ellas y, la verdad, opinaba que no era necesario tanto esfuerzo. Lo único que necesitaban era aprender a manejar la computadora y ya. El aprendizaje de la clave Morse lo veía como un paso innecesario. Si la computadora iba a traducir lo que su abuelito iba a teclear telegráficamente, ¿cuál era el caso de aprender la clave Morse? Pero las "mujeres" de don Júbilo argumentaban, con justa razón, que lo hacían previniendo un apagón o la descompostura de la computadora. Ellas no querían depender de la tecnología para nada.

Fueron días de intenso entrenamiento. Decidieron reunirse por las noches, ya que Aurorita había terminado con el turno que le correspondía y quedaba libre de obligaciones. Esperaban que don Júbilo tomara su merienda y se durmiera para dar inicio a las clases. Don Júbilo tenía una cama de hospital con barrotes a los lados que cubría dos funciones: evitar las caídas accidentales y facilitar el cambio de posición del enfermo con mucha más facilidad. En una de las barras, Lluvia le colocaba el transmisor que utilizaban cuando su nieto se quedaba a dormir con ella y que les permitía escuchar cualquier movimiento que su padre hiciera aunque, por lo general, dormía profundamente unas dos horas, lo cual les daba tiempo para sus clases de telégrafo.

Las lecciones tenían como atractivo extra un fondo musical muy agradable pues don Júbilo acostumbraba escuchar el radio para poder dormir. Su estación preferida era la 790 de amplitud modulada, dedicada a música del recuerdo. La programación incluía los mejores boleros románticos de todos los tiempos y éstos llegaban hasta la habitación contigua, adaptada para ser el aula "Morse" a través del transmisor que tenía instalado al lado de la cama. Así que esa situación le creó a Lluvia el reflejo condicionado de escuchar música y comenzar a transmitir mensajes.

Para ser telegrafista se necesitaba, primero que nada, buena retentiva, pues las palabras se enviaban letra por letra, así que uno tenía que irlas memorizando conforme las iba recibiendo, hasta formar una palabra. Luego, había que escribirla en un papel mientras se seguía recibiendo el mensaje, o sea que, por un lado, se escuchaba, se memorizaba y se traducía y, por el otro, se escribía lo que se acababa de traducir al mismo tiempo que se seguía recibiendo el mensaje. Era una cosa muy rara y difícil pues uno escribía el mensaje atrasado, el que ya había quedado a la zaga. Transformar un sonido en palabras era muy pesado y cansado para los oídos.

Se decía que un operador tenía "buena letra" cuando al enviar un mensaje daba los sonidos muy exactos, muy marcaditos, de manera que fuera fácil su comprensión, pero había otros que tenían una "letra" espantosa, que usaban puntos muy abiertos. Tal era el caso de Lluvia, Aurorita y Nati. El único que tenía "buena letra" era Reyes, pero esto era totalmente comprensible, había sido telegrafista por cuatro décadas y a pesar de tener muchos años de no transmitir, le habían bastado unas horas para ponerse al día. En cambio las "mujeres" de don Júbilo estaban en la calle, se hacían bolas con los puntos y las rayas, confundían los sonidos o los traducían de manera equivocada. En resumen, eran un desastre pero, eso sí, con muy buenas intenciones.

Para llegar a dominar el telégrafo iban a necesitar muchas horas más, muchos días más, muchos años más, pero, en tres semanas, aprendieron lo suficiente como para poder entender las primeras palabras de don Júbilo.

Fue un momento memorable. Lluvia le había pedido a Reyes y a don Chucho que estuvieran presentes. También invitó a Lolita, una amiga entrañable de todos ellos, quien

111

dedicara su vida a trabajar como secretaria de la Oficina de Telégrafos.

Todos llegaron muy puntuales. En casa, los esperaban Lluvia, sus hijos Federico y Perla, y las enfermeras Aurorita y Nati. Don Júbilo no sospechaba nada, pero cuando supo que ahí estaba don Chucho, presumió que algo extraño debía suceder como para que su querido amigo estuviera ahí con él, en lugar de estar en el hospital atendiendo a su esposa. Claro que nunca se imaginó la enorme sorpresa que le esperaba. Cuando Perla, su nieta, le depositó en las piernas una computadora portátil y un telégrafo, a don Júbilo se le iluminó la cara. A ninguno de los que presenciaron ese momento se les olvidaría jamás la resplandeciente sonrisa que se le dibujó en el rostro cuando sus manos identificaron el aparato de telégrafo. No hubo necesidad de que le explicaran mucho, él sabía para qué se lo habían traído y no se hizo de rogar. Con timidez pero firmeza, envió su primer mensaje. Estuvo dedicado a su hija Lluvia y decía:

—Gracias hijita, te quiero mucho.

A Lluvia se le llenaron los ojos de agua y sin que su padre lo esperara, tomó el telégrafo y le respondió en clave Morse.

—Yo también, chiquito.

Don Júbilo abrió los ojos lo más que pudo. ¡Su hija sabía clave Morse! Ésa sí que era una sorpresa. Y ya el colmo fue comprobar que sus otras dos "mujeres" también. Aurorita y Nati pidieron la palabra y le hicieron saber en clave

Morse que lo querían mucho. El sonido del telégrafo, ese sonido tan inconfundible, inundó de dicha la recámara de don Júbilo. Fue un momento de lo más emotivo. Lolita derramaba más lágrimas que el día en que dieron por muerto el telégrafo allá por el año de 1992. Ella estuvo de cuerpo presente en la ceremonia en la que se clausuró para siempre la posibilidad de utilizar el telégrafo como medio de comunicación. El telegrafista que tuvo el honor de escribir por última vez un mensaje en la Oficina de Telégrafos añadió, *motu proprio*: "Adiós mi Morse querido, adiós." Y si en esa ocasión Lolita había llorado de tristeza, ahora lo hacía de alegría. Si las lágrimas habían despedido al telégrafo, ahora le daban la bienvenida.

Federico, que creía conocer a su abuelito mejor que nadie, viendo que tenía lágrimas en los ojos y que no le gustaba mostrar en público sus emociones, decidió romper la emotividad del momento con una explicación corta pero muy precisa de la manera en que trabajaba el programa de la computadora. Federico y don Júbilo tenían una muy buena relación. Él consideraba a los hijos de Lluvia como sus nietos consentidos, porque la relación que guardaba con los tres hijos de Raúl, le resultaba un poco distante.

Raúl, desde muy joven, se había ido a radicar al extranjero y sólo venía a México en las vacaciones de sus hijos y, últimamente, ni eso. Los muchachos ya estaban casados y tenían esposa e hijos. Tenían su vida hecha fuera del país y ya no visitaban a sus parientes mexicanos con la frecuencia deseada. Don Júbilo mantenía contacto con esa otra parte de su familia sólo a través de cartas y telefonemas. En cambio, a los hijos de Lluvia los había visto nacer, los había ayudado a dar sus primeros pasos, había jugado con ellos hasta el cansancio, les había enseñado a andar en bicicleta, a jugar trompo y balero y, desde que Lluvia se había divorciado, había sido como su segundo padre. Un padre comprensivo y amoroso que los había orientado en su adolescencia, que los había enseñado a conducir, que les prestaba su automóvil cuando lo necesitaban y nunca les daba consejos cuando no se los pedían, pues sabía respetar totalmente la manera de ser y de actuar de sus nietos. Con estos antecedentes, no resultaba extraño que Perla y Federico adoraran al abuelo y les afectara tanto verlo enfermo.

Don Júbilo escuchaba a su nieto atentamente mientras acariciaba el telégrafo con manos temblorosas como si se tratara del objeto más preciado que había tenido en la vida, y cuando Federico terminó su detallada explicación sobre el funcionamiento del programa de la computadora, don Júbilo, a través del aparato, tomó de nuevo la palabra y dijo:

—Esto me abre un mundo de posibilidades. Muchas gracias a todos.

—Cuáles gracias compadre, nosotros pensamos sacarle provecho a la inversión de tu hija, te vamos a poner a trabajar de escribano en la Plaza de Santo Domingo.

Don Júbilo dejó escapar una carcajada como hacía mucho tiempo Lluvia no le escuchaba.

—¿Sabías que tu papá, algún tiempo, cuando estuvo muy fregado de dinero…?

Don Júbilo, interrumpió la conversación por medio del telégrafo para intervenir.

—O sea, ¡siempre!

—No, en serio, por un tiempo trabajó en la Plaza de Santo Domingo escribiendo cartas de amor y no sabes el éxito que tenía…

—Pues sí, pero todo por servir se acaba, en ese tiempo yo podía ver y hablar y moverme…

—Pues no puedes ver, pero bien que sabes lo que agarras, mira nada más cómo manejas el aparato.

Todos se rieron mucho y se sorprendieron de que don Júbilo, a pesar de que hacía muchos años que no utilizaba un aparato de telégrafo, pudiera comunicarse a las mil maravillas. Reyes, su amigo, intervino en la conversación.

—¡Qué bárbaro eres mano! Ni yo podría manejar el aparato de esa manera.

—¿A qué te refieres con "ni yo"? ¿A que tú eres mejor telegrafista que yo?

—¡Déjalo, Jubián! Ya ves cómo es de presumido, se cree mucho porque es el que toma menos medicinas de todos nosotros.

—No es cierto, tú tomas menos, Chucho, no te hagas.

—¿Yo? ¡Qué te pasa! ¡Tomo la de la presión, la de la digestión, la del corazón y la del asma!

—¡Ahí está! Yo tomo seis pastillas. Dos más que tú.

—No se peleen, muchachos, yo, como siempre, me los llevo de calle.

—¡Así qué chiste tiene! ¡Con la vida que te dio mi comadre, cualquiera se enferma de todo!

—Pues sí, chiquito, pero yo fui el que la escogió y la aguantó, ¿no? Eso tiene su mérito. Te hubieras buscado una igual de complicada y ahorita estarías ganándome en enfermedades...

Lluvia, Perla, Federico, Aurorita y Nati escuchaban las risas, pero no se integraban a ellas hasta después, pues aún no podían seguir el ritmo de la conversación telegráfica. Tenían que esperar a que el mensaje apareciera escrito en la pantalla, antes de reaccionar. Pero, a pesar del tiempo que mediaba entre sus carcajadas y las de los demás, la diversión era la misma.

Lluvia estaba encantada de ver a su padre "hablando", participando, narrando nuevamente anécdotas cautivadoras. Por medio de la computadora, Lluvia se enteró de una broma que su papá le jugó a Reyes y que casi le provoca un infarto.

Por muchos años, trabajaron solos en una Receptora de Petróleos Mexicanos. Don Júbilo cubría el turno de la mañana y Reyes el de la noche. El trabajo no era pesado, pero sí muy solitario. Júbilo extrañaba a sus compañeros de la Oficina de Telégrafos. Ahí no tenía a nadie con quien platicar, ni contar chistes. Así que Reyes y él habían establecido una manera propia de divertirse. Uno al otro se hacían bromas.

Divertidas, pesadas, inocentes, de todo tipo, el caso era pasársela lo mejor posible en su trabajo.

En esa receptora se encargaban de recibir los mensajes que se enviaban desde diferentes pozos petroleros. Era un lugar lo suficientemente grande como para dar cabida a los enormes aparatos receptores de señales radiofónicas. Pero por su mismo tamaño era un lugar frío. Las únicas personas que lo ocupaban eran don Júbilo y Reyes. En época de invierno, Reyes acostumbraba utilizar un calentador eléctrico, pues la baja temperatura del lugar le parecía insoportable. Júbilo tenía la ventaja de que el sol calentaba un poco el lugar durante el día, inclusive podía asolearse un rato, pero Reyes no.

Una noche de diciembre, en plena época de posadas, Reyes llegó y encendió su calentador, como de costumbre. Se acurrucó en un sillón para quitarse el frío y al poco rato empezó a escuchar unas explosiones espeluznantes. Brincó de su asiento con los cabellos erizados. Creyó que todos los aparatos de la receptora habían tronado. Cuando fue a ver lo que pasaba, descubrió que Júbilo le había dejado un paquete de cuetes amarrado al calentador y la mecha de los mismos se había encendido con el aumento de la temperatura.

Al día siguiente, Reyes se cobró la bromita, y muy caro. Llamó por teléfono a Lucha y le preguntó que si sabía dónde estaba Júbilo pues hacía una semana que no se presentaba a trabajar.

Las risas suspendieron la plática por un momento. Todos conocían lo violenta que podía ponerse doña Lucha cuando la hacían enojar y se imaginaban cómo le había ido a don Júbilo. Cuando se calmaron un poco las carcajadas, Lolita se animó a contar una de las bromas que se jugaban en la Oficina de Telégrafos.

—¿Y se acuerdan cuando le metieron clavos al cajón del escritorio de Chuchito y estuvo jalándolo por un buen rato?

—¿Y qué me dicen el día en que le untamos papel carbón al auricular del teléfono de don Pedro?

Inesperadamente, las risas bajaron de tono. Don Júbilo se puso serio. Lolita les hizo a todos una seña con la mano para que guardaran silencio y Reyes, de inmediato, cambió el tema.

—Sí, ¡qué bárbaros!, no se cómo nos atrevimos, pero lo mejor fue un día que Lolita tenía una pila enorme de papeles sobre su escritorio y yo me escondí atrás de un pilar que estaba cerca de ella. Desde ahí sacaba un abanico y le soplaba sin que ella me viera. Las hojas de papel volaban y Lolita se levantaba a recogerlas. Inspeccionaba la ventana para ver si estaba bien cerrada y volvía a su trabajo y en ese momento, yo le volvía a echar aire...

—Sí, mano, no vayas a decir que le soplabas porque Lolita siempre fue muy decente.

Todos rieron nuevamente menos don Júbilo. A Lluvia no le pasó desapercibido. Algo había pasado. Su padre había perdido el buen humor. Cuando acompañó a Lolita hasta la puerta, le preguntó antes de despedirla:

—¿Quién era ese don Pedro, Lolita?

—Un tipo que a tu papá no le caía bien, bueno ni a ninguno de nosotros. Pero bueno linda, te dejo porque ya es muy de noche.

Lolita, por lo general, era muy platicadora y siempre se quedaba en la puerta un buen rato antes de irse. Le costaba un trabajo enorme dejar de conversar, así que el que se hubiera retirado tan de prisa dejó a Lluvia mucho más intrigada de lo que ya estaba. Si Lolita no quería hablar de don Pedro. era porque ahí había gato encerrado y ella se moría por investigar de qué se trataba, pero eso sería otro día porque antes que nada necesitaba darse un baño de tina y relajarse. Había sido un día de intensas emociones.

El agua, su elemento preferido, ejercía un poder mágico sobre ella. Al instante la tranquilizaba. Flotando de a muertito, era capaz de llegar a un descanso profundo en segundos, pero en esta ocasión no pudo.

Por más que procuraba concentrarse en la cara de felicidad que había puesto cuando recibió su telégrafo, se atravesaba en su mente el rostro sombrío y triste de su padre. Un rostro que ella nunca había visto y por lo mismo la había dejado muy sorprendida. Lo relacionó con una foto que Lolita le llevara de regalo a su papá esa tarde. Era una foto del recuerdo. Entre todos los compañeros de trabajo, Lluvia pudo reconocer a Lolita, sin los lentes que ahora usaba, a don Chucho, con pelo, a Reyes sin canas ni vientre abultado, a su padre en perfecto uso de sus facultades y a su madre luciendo una bella panza de embarazada. Se trataba de una foto silenciosa. Muda. Su padre tenía la mirada triste, se veía que algo le preocupaba, le dolía.

Aparentemente estaban celebrando un cumpleaños o algo así, pero por la cara que tenía su querido papá, él no estaba nada contento. Había algo que lo perturbaba. Junto a él estaba su madre, bellísima, como siempre; su padre la tenía abrazada por la cintura pero, a pesar de la cercanía, Lluvia pudo percibir que existía un abismo entre ellos. Atrás de la foto, venía la fecha en que había sido tomada: septiembre de 1946. Dos años antes de que ella naciera.

En apariencia, su madre debía de tener unos cinco o seis meses de embarazo. Cuando quiso utilizar los dedos de su mano para sacar la cuenta de los meses y calcular la fecha del nacimiento, Lluvia notó que, sin darse cuenta, todo ese tiempo había estado agitando los dedos de su mano, como si estuviera enviando señales telegráficas. Le deleitó observar que sus manos se ejercitaban automáticamente. Si seguía así, en poco tiempo iba a poder igualar la velocidad que tenía su padre para transmitir mensajes.

Por un instante, su mente se distrajo por completo; se concentró en sus manos y comenzó a reflexionar sobre el desplazamiento de agua que generaban los movimientos de sus dedos. Le llamó mucho la atención ser consciente de que a mayor cantidad de movimientos, mayor generación de ondas y llegar a la conclusión de que los números representaban la cantidad de veces que algo había pasado.

Por ejemplo, no era lo mismo/un beso que mil, ni alcanzar un orgasmo que cinco. El éter había vibrado de diferente manera, dependiendo de la cantidad de repeticiones en que un evento hubiera sucedido. Desde ese ángulo, los números no sólo representaban cantidades de dinero, como pensaba su mamá, sino que tenían un significado mucho más profundo pues guardaban una relación directa con el cosmos, y uno apelaba a ella al momento de representar un número. Eran como los arquetipos.

Encontró que con las palabras sucedía lo mismo. Cada una resonaba diferente y, por ello, tenía una repercusión distinta en el éter. En ese momento le surgió la idea de que debía de existir una relación íntima entre los números y las palabras. Ambos debían de guardar una conexión parecida a la que existe entre los botones del control remoto y la señal del televisor y Lluvia quería encontrarla.

Desde ese momento, dio inicio a su búsqueda. Como primer paso, utilizó los dedos de su mano para "escribir" una palabra en clave Morse. Tomó la yema de sus dedos como el punto y la división de las falanges como raya. De esta manera iba haciendo la conversión de palabras en los puntos y rayas. Como siguiente paso, convirtió esos puntos y rayas en números correspondientes a la numerología maya y trató de encontrarles un significado. Por último, se dio cuenta de que había elegido los nombres de su padre y su madre y que la suma de ambos coincidía con el mes de septiembre de 1946.

Este descubrimiento la hizo regresar a la fotografía. Utilizando nuevamente sus dedos, sacó las cuentas de los meses que faltaban para que su madre alumbrara y descubrió que dicho acontecimiento estaba muy alejado de la fecha de su cumpleaños. Ella nunca había sido informada de la existencia de otro hermano además de Raúl.

¿Qué pasaba?

Era consciente de que el estado de salud de su padre no estaba como para hacerle ese tipo de preguntas, por lo que lo más indicado era hacer una visita a Luz María Lascuráin, a doña Lucha.

VI

Después del amor no hay cosa más importante que la confianza y uno de los beneficios que ofrece la vida en pareja es precisamente la posibilidad de disfrutar de ella en plenitud. La confianza para desnudar el alma, para exponer el cuerpo ante la vista del compañero sin el menor pudor, para entregarse con desparpajo, para abrirse, para abandonarse impúdicamente en otros brazos sin miedo a ser lastimado. La confianza de poder decirle al esposo o a la esposa: "mi vida, traes un pedazo de fríjol en un diente", o en caso contrario, de ser informado de que, involuntariamente, uno porta una lagaña o un moco.

Amor y confianza caminan de la mano. Sólo la confianza permite que la energía amorosa fluya y que se dé el acercamiento entre los seres humanos. El primer signo de que ya no existe confianza entre dos personas aparece cuando una de las partes presenta resistencia ante el contacto personal, cuando se hace evidente la falta de voluntad para las caricias, para los besos, para la cercanía.

En los ocho años que Lucha y Júbilo tenían de casados, se habían prodigado confianza mutua a manos llenas. Ninguno de los dos había lastimado al otro como para mirarse con recelo. Se querían y se respetaban a pesar de las grandes diferencias que existían entre ambos. Sin duda, la más relevante tenía que ver con la inconformidad que a Lucha le provocaba la vida que Júbilo le ofrecía. Es más, Júbilo estaba convencido de que ésa era la razón por la que su esposa no se había podido embarazar nuevamente. Cosa que a Júbilo, la verdad, no le preocupaba mucho. Y no porque no deseara tener más hijos, sino porque con su sueldo de telegrafista apenas le alcanzaba para mantener a Lucha y a Raúl, su primogénito. Por el momento, no podía darse el lujo de alimentar a más hijos. Bueno, al menos no de la manera en que Lucha esperaba. Ella le exigía un tipo de vida que Júbilo estaba muy lejos de poder solventar.

Con el dinero que le había ganado en el poker a don Pedro, ya descontando el que le había dado a Jesús y Lupita para su boda, con duras penas habían podido dar el enganche de una casa del agrado de su esposa. Era una construcción pequeña, pero lo suficientemente cómoda y ubicada lo más cerca posible de la residencia de sus suegros. Seguía estando dentro de la colonia Santa María la Rivera, pero ya en los límites colindantes con la Santo Tomás. No era una casa tan grande como la de los Lascuráin, pero sí muy agradable. Tenía una elegante sala con balcones que daban a la calle, tres recámaras de techos altos y vigas de madera que daban a un corredor con macetas, al final del cual se encontraban un comedor y un baño. Junto al comedor había una amplia cocina y un patio trasero donde Raúl podía jugar a su antojo.

Por un tiempo, Lucha se sintió muy feliz. La posibilidad de establecerse en la capital y de dejar la vida errante que hasta entonces habían llevado fue más que suficiente. Elegir el acomodo de los escasos muebles le resultaba tan divertido como jugar a la casita. Gozaba enormemente todo lo que tenía que ver con el acondicionamiento de su nuevo hogar. Por primera vez, desde que se casó, se sentía con la libertad de clavar un clavo en la pared o de poner un jarrón con flores donde se le diera la gana. Las casas u hoteles donde se habían instalado anteriormente, eran casas prestadas que nunca les habían pertenecido. Y para Lucha era importante poseer las cosas antes de poder disfrutar de ellas.

Júbilo, por el contrario, era capaz de apropiarse del mundo tan sólo con la mirada. Podía disfrutar del olor de las gardenias sin importar que fueran del jardín del vecino o de la maceta de su casa. Sabía hacer suyas las penas y las desgracias ajenas. Sabía compartir los sueños de sus amigos y celebrar como propios los triunfos de los demás. Tal vez en eso radicaba su éxito como telegrafista. Al enviar un mensaje, lo hacía con toda el alma, como si actuara a título personal. Y tal vez, por lo mismo, extrañaba el contacto directo con el público.

En los pequeños pueblos donde había tenido la oportunidad de prestar sus servicios como telegrafista pudo dar seguimiento a las misivas redactadas por él mismo, pues de inmediato sabía el tipo de reacción que los destinatarios tenían ante tal o cual telegrama, en cambio, en la capital, su trabajo se tornaba frío, perdía el calor humano. Nunca se enteraba de lo que había pasado con los envíos y, por lo tanto, su trabajo no le resultaba igual de satisfactorio, perdía un poco el sentido.

Ya no sabía para qué trabajaba tanto. Su labor de mediador, de enlazador, se desvanecía en una oficina grande donde tenía que enviar y recibir mensajes lo más rápido posible y donde se valoraba más la velocidad que la eficiencia. Júbilo se sentía un poco decepcionado en su trabajo, pero por otro lado, sabía que estaba haciendo lo correcto, lo que Lucha esperaba de él, lo que su hijo requería.

Trabajaba para ellos, no para él, y eso tenía su lado agradable. La satisfacción de ver a Lucha instalada en una casa propia y de poder alimentar y vestir a su hijo adecuadamente lo hacía muy feliz. Lucha le agradecía el esfuerzo, sin embargo, el dinero que recibía, no era precisamente el que esperaba y mucho menos teniendo un hijo de por medio. Ella quería darle la mejor educación, comprarle los mejores zapatos, la mejor bicicleta, la mejor pelota y se sentía muy limitada económicamente, por lo que desde hacía varios años, había empezado a presionar a Júbilo para que consiguiera un doble turno y constantemente le criticaba su falta de ambición.

A Júbilo, dicha observación le parecía injusta. No es que no tuviera metas en la vida, sino que no eran las que Lucha abrigaba. Él no tenía prisa para hacerse rico, no era su mayor

126

aspiración en la vida. Jesusa, su madre, constantemente repetía que la gente adinerada era tan pobre que sólo tenía dinero. Él estaba completamente de acuerdo. Había cosas mucho más importantes en la vida que la simple acumulación del capital. Para Júbilo un hombre rico era aquel que tenía la capacidad de ser feliz, y él intentaba serlo.

Cuando Raúl nació, Júbilo apenas tenía veintidós años y Lucha veinte. Eran unos chiquillos. Se habían casado tan jóvenes que a Júbilo no le había dado tiempo de divertirse con sus amigos. Los primeros meses, se descontroló por completo, sentía que Raúl era un intruso que le venía a quitar el cariño y las atenciones de Lucha. Pero en cuanto el niño comenzó a sonreír y a intercambiar abrazos con él, su apreciación cambió por completo. Empezó a ver en Raúl al hermano pequeño que nunca tuvo y el niño pronto se convirtió en su compañero de juegos. Lograron establecer una relación tan profunda que cuando Raúl comenzó a hablar, la primera palabra que pronunció fue papá y cuando sufría un accidente, en lugar de llorar y pedir a gritos a su mamá, exigía la presencia de su papá. Un padre demasiado joven que más bien parecía un niño grandote o un adolescente que, después de la pesada jornada de trabajo en la Oficina de Telégrafos, de lo único que tenía ganas era de relajarse, de jugar un rato con su hijo y luego reunirse con sus amigos a tocar guitarra y a cantar.

Para Lucha, esto representaba una falta total de interés por progresar en la vida. Ella consideraba que Júbilo, en lugar de perder el tiempo con "la guitarrita", bien podía meterse a tomar clases de inglés, de francés, de contabilidad, o bien, buscarse otro trabajo más jugoso, cualquier cosa que les asegurara a ella y a su hijo un futuro promisorio. Porque el que contemplaba a corto plazo no le resultaba muy halagador que digamos.

Raúl estaba creciendo, ella lo quería inscribir en una buena escuela de paga, en el Colegio Williams o algo similar. Para Júbilo eso no era necesario. Cuando él había llegado a la capital, su padre lo había matriculado precisamente en esa escuela. Pudo asistir a ella por muy poco tiempo pues los ahorros familiares se agotaron pronto y no les quedó otra que cambiarlo a una escuela de Gobierno. Júbilo había sido mucho más feliz en esa escuela que en la privada y no veía el motivo por el cual su hijo no pudiera hacer lo mismo. Lucha, por el contrario, siempre había asistido al colegio Francés y lo agradecía. Le parecía básico recibir una buena educación y no se lo decía abiertamente a Júbilo pero pensaba que la diferencia entre ellos, en lo que a educación se refería, era palpable.

Júbilo no hablaba inglés, ni francés, no conocía Europa, no sabía cómo desenvolverse en sociedad y, por lo mismo, ella pensaba que estaba condenado a una vida mediocre. Lucha, en cambio, se creía capacitada para conseguir un buen empleo en cualquier momento. En alguna que otra discusión, ella ya había planteado esta posibilidad, pero Júbilo la había rechazado de tajo. No le parecía nada apropiado que su mujer trabajara. Lo habían educado para ser el único proveedor de su hogar. Así que con tal de no tener mayores discusiones de tipo económico, Júbilo dobló las manos, dejó de lado las tardes de juegos con Raúl, el trío que estaba formando con sus amigos, las canciones de Guty Cárdenas, los sueños de cantar en la XEW y se metió a trabajar como radio operador en la Compañía Mexicana de Aviación cuando salía de la Oficina de Telégrafos.

Gracias a ese trabajo adicional, en poco tiempo pudieron comprar un nuevo refrigerador, una lavadora de ropa de rodillos y cambiar el calentador de agua de leña por uno eléctrico. Lucha estaba feliz y Júbilo, al ver su regocijo, también.

Por un tiempo, la vida en familia mejoró notablemente. Lucha tenía tiempo para salir a pasear, para ir al salón de belleza y para ir de compras, pues el uso de la lavadora de ropa, de su olla express y de su licuadora le ahorraban mucho tiempo. Le estaba muy agradecida a Júbilo de que le hubiera comprado esos aparatos que tanto necesitaba y no se cansaba de glorificar las bondades del refrigerador y demás enseres domésticos. Júbilo, apenas la escuchaba pues llegaba muerto de cansancio y con trabajos podía oír la cuenta detallada de todo lo que su esposa había hecho durante el día, antes de quedar profundamente dormido.

Lucha, entonces, encontró un nuevo motivo para discutir con su esposo. Le reclamaba la falta de interés que ponía en su conversación y su descuido para notar que se había hecho el *manicure* y el *pedicure* en su honor. Júbilo con paciencia y cariño le explicaba que no se trataba de que fuera descuidado, sino que para él era mucho más importante utilizar los breves momentos en los que podían estar juntos en hacer el amor con ella, en vez de desperdiciar su energía y su tiempo en pláticas.

Lucha se ponía furiosa y le decía que ella necesitaba alguien con quien hablar, no sólo alguien con quien hacer el amor, ya que ella no era ninguna prostituta. Júbilo se quedaba sin argumentos. Para él, era mucho más halagador demostrarle a su esposa que lo volvía loco de amor y no comprendía que para Lucha fuera más importante que él se sentara a escucharla y contemplarla.

Afortunadamente estos desencuentros no duraban mucho. Al primer abrazo que se daban, surgían los besos, los abrazos, las disculpas, los perdones y terminaban entrelazados en la cama.

Fue después de una de esas reconciliaciones que Lucha volvió al ataque y le suplicó a Júbilo que la dejara trabajar fuera de casa. Júbilo, que ya se había cansado de negarse y cada día veía más difícil poder comprar todo lo que Lucha quería, accedió a la petición de su esposa con la única condición de que hiciera su solicitud en la Oficina de Telégrafos. Consideraba que si los dos iban a trabajar, al menos debían buscar la manera de estar juntos una buena parte del día.

Los padres de Lucha, a pesar de desaprobar por completo que su hija trabajara, pues nunca ninguna mujer de la familia lo había hecho antes, decidieron ayudarla. Gracias a su influyentismo, hicieron una cita con el director de Comuni-

Lucha empezó a trabajar en la misma oficina de Júbilo

caciones y le pidieron que le diera a Lucha una oportunidad de laborar como secretaria particular del director de la Oficina de Telégrafos, pues a pesar de que no había cursado la carrera de secretaria bilingüe, hablaba inglés y francés a la perfección.

Lucha obtuvo el puesto, no tanto por su dominio de los dos idiomas, sino por su belleza. El director de la Oficina de Telégrafos consideró que tener una secretaria con tan excelente presentación elevaba su estatus.

La presencia de Lucha en la oficina no sólo elevó el estatus del director sino de toda la corporación. Júbilo nunca se enceló, por el contrario, se sentía de lo más orgulloso de saber que esa mujer que despertaba tanta admiración y deseos en los demás fuera su esposa. Claro que la mayoría de sus compañeros de trabajo eran sus grandes amigos y por más que admiraran a Lucha nunca cruzó por su mente ningún pensamiento realmente pecaminoso. Júbilo lo había visto en sus miradas, así que no le encontraba el menor peligro a que Lucha se paseara por entre los escritorios alegrando la vista de todo el mundo pues el principal beneficiado era él. Tener a su esposa en la oficina era lo mejor que podía haberle pasado. Con ella a su lado, todo brillaba.

Ahí, en la Oficina de Telégrafos, Júbilo y Lucha pasaron sus mejores años de felicidad. Compartir el horario de trabajo matutino, les permitía tener una relación de enamorados. Se lanzaban miradas amorosas cada vez que se encontraban en los pasillos, se buscaban constantemente y aprovechaban hasta la más mínima oportunidad que se les presentaba para darse un beso, acariciarse la mano o abrazarse. Cuando tomaban juntos el elevador y nadie más los acompañaba, se abrazaban y besaban apasionadamente. Algunas veces llegaron al extremo de encerrarse en el baño para hacer el amor. Parecían más un par de amantes que de esposos y resultaba increíble imaginarlos como padres de un hijo de ocho años.

Raúl, al cuidado de sus abuelos, crecía y se desarrollaba rápidamente y aunque al principio extrañaba a sus padres, no le costó ningún esfuerzo habituarse a vivir rodeado de juguetes y de las mejores atenciones de lunes a viernes pues los fines de semana eran para sus padres. Sábados y domingos eran días de fiesta para los Chi. Júbilo procuraba de alguna manera contrarrestar la fuerte influencia que los abuelos tenían sobre Raúl. Lo llevaba a comer a los mercados, lo paseaba por Xochimilco, le mostraba los rincones más interesantes del centro de la capital para que tuviera una visión mucho más amplia de lo que era México. Consideraba básico que su hijo conociera bien sus tradiciones y su pasado cultural antes de admirar otras culturas.

Lucha aprovechaba los paseos de Júbilo y Raúl para descansar, para tenderse al sol en el patio trasero y recuperar fuerzas antes de regresar a sus labores el lunes por la mañana. Cuando estaban los tres juntos se paseaban en bata y pijama por la casa y los fines de semana en que Raúl se iba con sus abuelos a la casa de Cuernavaca se la pasaban metidos en la cama totalmente desnudos.

132

Así que el trabajo de Lucha sirvió para que la joven pareja disfrutara por varios años de una pasión renovada. Lucha, con dinero en la bolsa para medias y para vestidos, recuperó su alegría de vivir y tal parecía que sus problemas se habían desvanecido.

Sin embargo, el destino irrumpió en sus vidas intempestivamente y las trastocó por completo.

El primer signo del cambio lo constituyó la noticia del nuevo embarazo de Lucha que los tomó por sorpresa. Ninguno de los dos se lo esperaba. Estaban convencidos de que Lucha había quedado estéril después del nacimiento de Raúl y ahora con gran desconcierto comprobaban que no. Como dato digno de tomarse en cuenta, es pertinente mencionar que la noticia llegó a sus vidas al mismo tiempo que un personaje que creían olvidado: don Pedro, el cacique de Huichapan.

Don Pedro pertenecía al grupo de oportunistas que aprovecharon la Revolución Mexicana para colocarse en puestos de gobiernos donde pudieran robar a sus anchas. Don Pedro, poco después de que Júbilo le ganara al poker en la cantina, había ingresado en el Partido Revolucionario Institucional y logrado que lo nombraran diputado federal. Más tarde había ocupado diversos puestos de carácter administrativo dentro de los cuales, el ser director de la Oficina de Telégrafos era el menos importante, pero no pensaba reclamar, tenía que mostrar su obediencia y lealtad al partido.

Una persona como ésa, adicta al poder, era capaz hasta de aceptar un puesto de inspector de baños de burdel con tal de permanecer dentro del círculo del mando. Además, por lo que estaba viendo en su primer recorrido, no se la iba a pasar nada mal. Lo primero que le llamó la atención de la Oficina de Telégrafos, no fue ni la antigüedad ni la arquitectura del bello edificio sino el par de nalgas que poseía la que sería su secretaria particular: tan bien plantadas y, no sabía por qué, tan conocidas. Cuando se la presentaron le preguntó directamente:

—¿Que no nos conocemos?

A lo que Lucha respondió:

—Sí, señor, nos conocimos cuando mi esposo trabajó por un tiempo en Huichapan como telegrafista, hace ya algunos años.

—¡Pero claro! Cómo olvidarlo. Su esposo me ganó una partida de poker memorable…, pues mire lo que es la vida, acabo de llegar y ya tengo antiguos conocidos en esta oficina.

Al estómago de Júbilo, la noticia le cayó peor que un pescado descompuesto. Tener de jefe a una persona tan repulsiva para nada le agradaba. Cuando se saludaron lo hicieron fríamente y como viejos adversarios. Era evidente que a don Pedro no le caía nada en gracia tener trabajando bajo sus órdenes al esposo de la secretaria a la que ya le había echado el ojo. Y él donde ponía el ojo ponía la bala. Sólo que esta vez iba a estar un poco más difícil. Así se lo había indicado la mirada de Júbilo.

Don Pedro nunca habría reconocido a su antiguo compañero de poker de no haber sido porque reconoció las nalgas de su esposa. Júbilo había embarbecido y ahora portaba un poblado bigote que lo hacía verse mucho más guapo y varonil. El que no había cambiado nada era don Pedro. Lo único que le había aumentado era la panza, pero por lo demás estaba igualito, seguía siendo el mismo ser sin escrúpulos, sólo que ahora tenía más influencias y mejores mañas.

Júbilo sabía perfectamente de lo que era capaz y pronto sus sospechas se hicieron realidad. Don Pedro, en cuanto tomó posesión de su puesto, lo hizo de manera integral. Sentía que toda la institución le pertenecía: el edificio, los escritorios, los telégrafos, los telegrafistas… y las secretarias; que podía hacer con todo y con todos lo que le apeteciera, que podía tomar, manipular y usar a su antojo a todo el mundo. Rápido empezaron los rumores de cómo se propasaba con las secretarias. Obviamente, su principal objetivo era Lucha. Era la que más le gustaba y a la que tenía más cerca.

Para Lucha ir a trabajar se convirtió en un tormento. No sólo estaba atravesando por los primeros meses de embarazo con sus subsecuentes vómitos y los mareos, sino que tenía que soportar las insinuaciones de don Pedro. Constantemente sentía su mirada clavada en sus senos o en sus nalgas. Lucha ya no sabía cómo ocultarlos. Lo peor era que cada día le crecían más a causa del embarazo, cosa que don Pedro parecía no tomar en cuenta, bueno, en lo que se refiere al embarazo, no a las voluptuosidades, de ésas sí que estaba pendiente sin importarle que Lucha estuviera casada. Es más, su condición parecía excitarlo. Cada día arremetía en sus ataques con más enjundia. En un principio sólo se había limitado a chulearla y poco a poco había comenzado a acariciarle el hombro cuando ella se encontraba sentada y don Pedro pasaba por detrás de su escritorio. Al mismo tiempo le regalaba flores o chocolates que aparecían sobre su escritorio acompañados de una notita y, por último, había pasado a la etapa del acoso psicológico.

A veces, cuando terminaba de dictarle alguna carta le preguntaba:

—¿Qué tiene, Luchita, se siente mal?

—No, señor.

—Pues la veo muy seria conmigo.

—No es eso, es que estoy un poco indispuesta.

—¿Ya ve? Entonces sí se siente mal. La verdad no sé cómo a una mujer tan bella como usted, su esposo la tiene trabajando.

—Él no "me tiene" trabajando, fue una decisión personal.

—Pues si fue decisión propia, la debe de haber tomado empujada por las circunstancias, ninguna mujer abandona su casa y sus hijos por placer… o, dígame, ¿no le encantaría en estos momentos estar en su casita rodeada de mimos y halagos en lugar de andar aquí escuchando a este viejo coqueto?

Lucha tenía que pensar muy bien la respuesta. Si le respondía afirmativamente don Pedro confirmaría que la decisión de trabajar había estado forzada por las circunstancias y si por el contrario le decía que no, lo podría interpretar como que a Lucha le encantaba estar en la oficina escuchando las palabras de ese viejo que más que coqueto era un inmoral, por lo que Lucha prefería levantar los hombros y salir de la oficina.

Pero en cuanto llegaba a su escritorio, empezaban a surtir efecto las ponzoñosas palabras de su jefe y sentía coraje contra Júbilo. La verdad, a ella le encantaría estar en su casa gozando de su embarazo y sintiéndose limpia y pura en lugar de andar protegiendo su vientre de las obscenas miradas de don Pedro. Estos pensamientos le agudizaban las náuseas y generalmente terminaba vomitando en el baño de mujeres.

Júbilo, por su parte, también estaba desesperado, la oficina había dejado de ser un lugar seguro para ellos. En el ambiente se respiraba un clima de amenaza constante y no sabía qué hacer. Se sentía totalmente impotente. Estaba haciendo todo lo que tenía al alcance para mantener dignamente a su familia. Ya trabajaba en dos sitios diferentes. Sólo si el día tuviera treinta y seis horas en vez de veinticuatro podría conseguir otro empleo.

Le urgía sacar a su mujer de la oficina y Lucha no se dejaba. En un principio estuvo tentada a renunciar, pero Júbilo y ella tenían planes para comprar una nueva casa un poco más grande y que tuviera una recámara extra para el nuevo bebé y contaban con su sueldo para ello, por lo que decidió conservar su trabajo y mantenerse lo más alejada posible de don Pedro, pero lo único que logró fue que su jefe se encaprichara más con ella y que Júbilo rindiera menos en su trabajo pues todo el día estaba pendiente de lo que pasaba entre Lucha y don Pedro.

Júbilo no era el único que vivía preocupado. La incertidumbre se apoderó del ambiente de la oficina y cambió de raíz las relaciones personales y laborales que existían antes de que don Pedro llegara. Los despidos no se habían hecho esperar y todos temían por su cabeza. La confianza que antes reinara había empezado a desaparecer. Las bromas y los chistes decayeron considerablemente. Ya nadie sentía la libertad ni la confianza para hacerlas. El único que podría haber modificado esa situación era Júbilo pero estaba demasiado ocupado en sus asuntos personales. La situación se agravaba día con día, hora con hora, hasta que llegó a un clímax.

Lucha tenía ya siete meses de embarazo y estaba tomando su descanso en compañía de Lolita. El bebé que llevaba dentro del vientre, también aprovechó la oportunidad para estirarse a sus anchas. A Lolita le llamó la atención la manera en que el vientre de Lucha se deformaba y, llena de curiosidad, le pidió que la dejara sentir el movimiento del niño. Lolita era una solterona que había pasado su vida dentro de esa oficina y se moría por acariciar una panza de embarazada. Lucha, por supuesto que accedió a la petición de su querida amiga y en esas estaban cuando don Pedro se apareció y le pidió a Lucha que a él también le permitiera tocarle el vientre.

Argumentó las mismas razones de Lolita, dijo que tenía mucha curiosidad de sentir en sus manos el movimiento de un feto. Lucha entró en un dilema: no tenía deseos de que ese hombre la tocara, pero no encontraba argumentos para impedírselo, si se negaba así como así iba a parecer una grosería de su parte pues a Lolita ya se lo estaba permitiendo. Mientras Lucha se debatía con sus ideas, don Pedro puso manos a la obra, le retiró la mano a Lolita y puso la suya en su lugar. De pasada, aprovechó el movimiento para rozarle a Lucha el busto. Lucha no tuvo tiempo ni de experimentar la rabia, pues en ese preciso instante apareció Júbilo hecho una furia y le retiró a don Pedro la mano de un tirón.

—No quiero que le vuelva a poner la mano encima a mi mujer nunca en la vida.

—Tú no eres nadie para darme órdenes.

Como toda respuesta, Júbilo le asestó un golpe en pleno rostro a don Pedro. Fue un derechazo poderoso, digno del Kid Azteca. Mientras el pesado cuerpo de don Pedro rodaba por las escaleras que segundos antes Júbilo hubiera subido a zancadas, un silencio se apoderó del lugar. Nadie podía creer lo que estaban viendo. Júbilo, el amable, el risueño, el atento, el amigo de todos, se estaba peleando y nada menos que con el jefe, el odiado, el temido, el enemigo de todos.

No hace falta decir que las simpatías le pertenecían a Júbilo, pero que todos tuvieron que ocultarlas, al mismo tiempo que contenían la respiración. Reyes intentó ayudar a su jefe a levantarse del piso, pero éste rehusó su ofrecimiento.

—No me pasó nada. Fue sólo un tropezón. ¡Regresen a trabajar!

Don Pedro se levantó, se sacudió el polvo, sacó su pañuelo de la bolsa para contener la sangre que le salía por la boca y se dirigió a su oficina. En cuanto cerró la puerta empezó a meditar su venganza. Siempre había sido un pésimo perdedor y era la segunda vez que Júbilo lo derrotaba. Lo que más lamentaba era que lo hubiera hecho quedar en ridículo. Nunca se lo iba a perdonar. Le dolía la boca reventada por el golpe, pero mucho más el orgullo herido.

Júbilo acababa de firmar su sentencia de muerte en la oficina, pero no le importaba. Sentía que había hecho lo correcto y ahora lo único que le faltaba era convencer a Lucha de que presentara su renuncia junto con él, pero Lucha opinaba que lo mejor era calmarse y pensar las cosas con mayor detenimiento. No estaban como para quedarse sin trabajo y mucho menos si iba a ser por partida doble.

Por una cosa o por otra, el caso es que el incidente les arruinó a todos la fiesta sorpresa que tenían preparada para Lolita. Ese día cumplía años y pensaban agasajarla con un pastel y las consabidas mañanitas.

El festejo no resultó como en años anteriores. Les hicieron falta las risas y los chistes de Júbilo. Pero ni él ni los demás ese día estaban como para bromas. Para que la risa se dé, debe existir un ambiente de confianza y en la Oficina de Telégrafos se estaba perdiendo. Reyes se esforzó más que nunca por animar la reunión y lo más que logró fue sacarles a sus compañeros una carcajada, pero lo suficientemente buena como para aprovechar el instante y sacar la foto del recuerdo.

Lluvia observaba la foto con cuidado. No le cabía duda de que su madre estaba embarazada. Los signos de la preñez eran obvios. Le llamó la atención que su madre tuviera las manos sobre el vientre como intentando proteger de algún peligro inminente al producto que llevaba dentro. Volteó la foto y comprobó que había sido tomada en el año de 1946. Dos años antes de que Lluvia naciera. Debía de haber algún error. La foto indicaba que su madre había tenido un tercer embarazo. No era posible. Le resultaba muy extraño que durante tantos años nadie se lo hubiera mencionado, empezando por su madre. Doña Luz María Lascuráin no mentía. La mentira era una de las faltas que más se condenaban en su casa. Era asombroso descubrir que su madre había roto el código moral que había regido de por vida a su familia. Aunque pensándolo bien, a lo mejor no había mentido sino sólo había ocultado eventos trascendentes.

¿Y su padre? ¿Qué razón habría tenido para guardar silencio? ¿Por qué mantener en secreto el nacimiento de esa criatura? Quizá lo que pasó fue que el embarazo no había llegado a término y el supuesto nacimiento nunca había ocurrido. En cualquier caso, nada justificaba que se lo hubieran ocultado de esa manera.

¿Y Raúl? Él tenía ocho años cuando ese embarazo, no era un niño tan pequeño. Si el otro niño nació, Raúl debía recordarlo, pero ¿y si no?, al igual que ella, lo habría ignorado. Ahora que, lo más probable, era que sí lo supiera y que no se lo hubiera dicho, debido al complejo que tenía de hermano sobreprotector. A Lluvia siempre le había molestado esa actitud de su hermano Raúl. La trataba como un ser indefenso y débil al que había que cuidar pues era incapaz de defenderse en la vida. Lluvia estaba cansada de ser la hermana menor y de que la trataran como tal. ¿Por qué todo el mundo se había confabulado para ocultarle a ella esa información? Más que engañada y traicionada, se sentía furiosa.

VII

Me pregunto cuánto tiempo pasó entre el momento en que Dios dijo "hágase la luz" y que la luz apareciera. A veces, sólo un segundo de diferencia entre un evento y otro ocasiona un vuelco de ciento ochenta grados en nuestra vida.

¿En qué momento el amor se torna en odio? ¿Cómo se llega a ese punto? ¿Qué es lo que desencadena ese cambio? ¿La repetición continua de actos que lastiman, que ofenden, o sólo un incidente aislado pero lo suficientemente destructivo como para acabar con una relación amorosa?

Las casas pueden irse cayendo poco a poco, con el correr de los años, o pueden ser demolidas en un abrir y cerrar de ojos por una bomba poderosa.

Las ciudades y los barrios se transforman de a poquitos o en los segundos que dura un terremoto.

Un ser humano puede irse desdibujando lentamente o eclipsarse de este mundo con la ayuda de un plomazo inesperado.

De igual manera, en nuestro interior, la imagen que tenemos de una persona puede ir creciendo con el tiempo, o puede venirse abajo en un instante. Nuestra propia imagen puede irse fortaleciendo con palabras de aliento o puede ser destruida a base de frases hirientes y mal intencionadas. Y la cercanía con los demás seres humanos puede hacernos personas mejores o demoler para siempre nuestra autoestima. A veces sólo basta con una palabra. Una sola, para acabar con la seguridad adquirida en años de psicoanálisis. Por eso, antes de hacerle una visita a mi madre, acostumbro a levantar muros de contención que me protejan de sus palabras, de su resentimiento, de su desconfianza, de su negatividad.

—Hola, m'hijita, ¿cómo estás?

—Bien, mamita, ¿y tú?

—Pues ahí, no más. Ya sabes, ¡nunca faltan mortificaciones! Pero no vamos a hablar de mí, déjame verte, hace tanto que no venías por acá... ¡Ay m'hijita mira nada más cómo estás de flaca! Ya te he dicho que no me gusta que te mates tanto atendiendo a tu papá. Lo que necesitas es tomarte un descanso, irte a la playa, tomar el sol. Yo que tú lo internaba en un lugar en el que lo atendieran bien, para poder llevar una vida normal. Te ves agotada, cansada, y me imagino que para tus hijos debe ser difícil tener tanta gente en la casa, no es justo...

—Tampoco es justo enviar a mi papá a un asilo. Ya te lo he dicho...

—Bueno, bueno, no vamos a discutir. Yo no me meto en tu vida, yo sólo te digo lo que pienso que debes hacer... Oye y, por cierto, ¿cómo está Perla?

—Bien, mamita, ahí, con su novio...

—Ay, m'hijita ¡Si vieras que eso me tiene tan preocupada! Tú por andar distraída con tu papá ni cuenta te has dado del problemón que se te viene encima. ¡No se te van a acabar las lágrimas si tu hija, por andar de caliente, toma una decisión equivocada! Deberías hablar con ella, no me gusta nada que lleven tantos años de novios y no se casen. Mira, en la última reunión que estuvimos juntos, no sé si te diste cuenta, pero a ellos les importó un comino que todos estuviéramos ahí presentes, siguieron tomaditos de la mano y dándose de besos y, mira, m'hijita, déjame decirte que cuando a los novios ya no les importa la presencia de los demás, ¡malo!

—Ay, mamá, déjalos, que hagan su vida.

—No, si yo no me meto, ya te dije que no me voy a meter con la vida de nadie.

—¡Qué bueno!

—Lo que sí te digo es que me preocupa mucho, porque los hombres, todos, óyeme bien, nada más piensan puras cochinadas porque todos son unos puercos...

¡Es hora de reforzar las murallas, de enrocarme, de levantar los muros de contención! El discurso que venía, me lo sé de memoria: "Todos los hombres eran iguales. No pensaban en otra cosa que en cogerse a quien se les paraba enfrente; ya fuera la vecina, la sirvienta o la esposa de su hijo. Los hombres eran unos cerdos inmundos que se alimentaban de basura y que ya pedos hasta con las ratas cogían…"

No sé a qué tipo de hombres se refiere mi madre porque, que yo sepa, sólo tuvo un novio y con él se casó y por más esfuerzos que hago no puedo recordar un solo rasgo de la personalidad de mi padre que pueda ajustarse a tal descripción. Todo lo contrario, lo recuerdo lavando trastes, haciendo la cola de las tortillas, metido en la cocina los domingos preparando cochinita pibil, pendiente en todo momento de Raúl y de mí. Nunca descubrí que le lanzara una mirada libidinosa ni a la vecina ni a la sirvienta ni a nadie. Si lo hizo, tuvo cuidado de hacerlo lejos de casa pero no voy a discutir con mi mamá, así que antes de hacer ningún comentario, prefiero levantar las cejas, cosa que se puede interpretar de mil maneras y cambiar el tema para evitar discusiones.

—Oye, mamita, y Raúl, ¿cómo está?

—Bien, ayer hablé con él por teléfono y me preguntó por tu papá, le dije que estaba muy enfermo y él también opina que deberías internarlo.

—Él, en lugar de opinar, debería hablarle a mi papá más seguido por teléfono.

—¡Ay cómo crees! Ya ves lo ocupado que está, y tú, en lugar de andar hablando mal de tu hermano, deberías agradecerle que te envíe dinero para pagar las enfermeras, si no fuera por eso, ¡imagínate el desastre! Yo por eso digo que deberían…

—Mamá, ya te dije que no voy a meter a mi papa a ningún lado, para mí no es ninguna carga, todo lo contrario.

—Bueno, allá tú, nomás no me vengas luego a llorar porque ya te enfermaste o porque Perla se quiere ir de la casa…

—Mamá, ¡por favor!

—Sí, m'hijita, como te lo digo, yo no quiero intervenir en tus decisiones, pero creo que tener a tu papá en casa te está ocasionando muchos problemas, además ¡no sé por qué te empeñas tanto en defenderlo! ¡Mira lo que es la vida!, la hija que él no quería que naciera es la que ahora lo defiende tanto…

—¿Por qué dices eso, mamá?

—Porque así fue, tu papá, para que te lo sepas, quería que yo abortara cuando me embaracé de ti…

Me rindo, no hay forma de salir bien librada de casa de mi mamá. Siempre logra darme un golpe que me toma por sorpresa y que me afecta. No sé si sea cierto lo que mi madre dice. Si así fuera, mi padre tendría sus razones para habérselo pedido. ¡A mí qué me importa! Con eso no me va a convencer de que mi padre no me quiere. No ha habido un sólo momento en mi vida en que yo haya sentido falta de cariño de su parte. Y, pensándolo bien, si yo fuera hombre y hubiera estado casado con mi mamá, tal vez tampoco habría querido tener hijos con ella, pero en fin, no pienso caer en su juego, todo lo contrario, ahora yo voy a tomar la batuta.

—Por cierto, hablando de mi papá, te manda decir que quiere hablar contigo...

—Mira, m'hijita, te he dicho miles de veces que yo no tengo nada que hablar con él. Hace mucho que lo dejé en el pasado.

—Sí, me imagino que lo mismo que a esta foto.

—¿De dónde sacaste esta foto?

—Me la dio Lolita. ¿De quién estás embarazada en esta foto, mamá?

—¿Que fue a ver a tu papá?

—Sí, pero no me has contestado de quién estás embarazada.

—Pues de ti, ¿de quién crees? Mira nomás, ¡cuántos muertos hay en esta foto! Juanito, Lalo y Quique ya se murieron... me parece que también Pepito... pero bueno, dejemos de hablar de estas gentes que tú ni conoces y dime cómo está Federico, ¿ya engordó?

—No, mamá, sigue igual de flaco, pero dime, ¿por qué nunca me dijiste que mi papá y tú tuvieron otro hijo?

—¿Que tu papá te habló de él?

—No.

—¡Mmm...! ¿No sería entonces la metiche de Lolita? Ésa es una chismosa que siempre estuvo enamorada de tu papá y es capaz de decir cualquier cosa con tal de crear problemas, por eso te ha de haber llevado esta foto, ¡qué casualidad que escogiera precisamente ésta para llevarla de regalo!

—¿Por qué habría de crear problemas con esta foto? ¿Qué tiene de malo?

—Mira Ámbar por eso siempre terminamos discutiendo tú y yo: eres igualita a tu padre, siempre poniendo palabras en la boca de uno, siempre tratando de adivinar lo que uno está pensando… yo no tengo nada que ocultar… y si lo tuviera, estaría en todo mi derecho, los hijos no tienen por qué saber todo de sus padres, no tienen por qué. A ver, dime, ¿a ti te gustaría que tus hijos te interrogaran respecto a los motivos que tuviste para divorciarte? ¿Se los has dicho todos? No, ¿verdad? ¡Entonces con qué cara vienes a esta casa a juzgarme!

—Nadie te está juzgando, mamá, sólo te estoy preguntando…

—¡Pues no tienes ningún derecho! ¡Nomás eso me faltaba! ¿Quién te crees que eres para venir a interrogarme? ¿Con qué autoridad moral me vas a juzgar?

—Ya te dije que no vine a juzgarte…

—Pues no lo parece, chiquita, y más te vale que suavices el tono con el que me estás hablando. ¡Yo sigo siendo tu madre y me tienes que respetar! ¡Haya hecho lo que haya hecho! Mis motivos habré tenido para cada acto que he realizado en la vida y no tengo por qué darte ninguna explicación. ¿Quién te nombró mi confesora? Nadie, ¿me oyes?, nadie. Si tanta curiosidad tienes por saber de la vida de los demás, por qué no vas y te pones a interrogar a tu hija sobre la cantidad de besos que ayer le dio su novio en la boca o sobre la forma en que la abraza, ¡y quiero ver lo que te va a contestar! ¡El respeto al derecho ajeno es la paz! ...Si lo que te interesa saber es si yo tuve otro hijo, ¡sí!, lo tuve y se murió. Si quieres saber cómo, pregúntale a tu papá... ¿ya estás contenta? Eso deberías haberme preguntado en lugar de intentar ponerme un cuatro. Y ahora vete, Ámbar, porque ya me hiciste enojar y no quiero decirte algo que te lastime... pues yo nunca, ¡óyemelo bien! he hecho algo con la intención de lastimarte. Creo que he sido una buena madre, que te he dado cariño, cuidados y lo mejor de mí y, si he cometido errores, éstos no han sido graves. Deberías haber tenido una mala madre, para que de veras tuvieras motivos de queja. Una madre golpeadora, borracha o asesina para que entonces pudieras reclamar a gusto...

Ya escuché lo que quería. Curiosamente no me sorprende. De alguna manera lo sabía. Lo que no deja de llamarme la atención es que mi mamá, contenta o enojada no pueda pronunciar mi nombre. Dicen que fue mi padre el que lo escogió y a mí me parece muy bello. Él siempre me llamó por mi nombre, sólo a veces, de cariño, en lugar de Lluvia me llama Chipi-Chipi, pues es una forma de lluvia ligera. En cambio mi mamá, tuvo que recurrir al nombre de Ámbar, que según ella es lo mismo, aunque yo, la verdad, no le veo la menor relación. Mi madre dice que no le gusta pronunciar la palabra Lluvia porque le recuerda la época en que mi papá y ella vivieron en Huichapan, cuando estaban recién casados y llovía todo el día...

Por cierto..., me acaba de caer un veinte muy interesante. Reyes, cuando nos estaba enseñando la clave Morse, nos dio una clase básica sobre los principios de la electricidad para que comprendiéramos mejor el funcionamiento del telégrafo. Nos hizo recordar de una manera muy sencilla que la electricidad es el fluido que se genera debido a la fricción entre dos cuerpos de distinta naturaleza y que hay materiales conductores de electricidad y materiales aislantes. El agua es conductor. Mi nombre, Lluvia, es conductor; sin embargo, no me sirve para establecer una buena comunicación con mi madre ¡pues ella no lo pronuncia! Para llamarme utiliza el Ámbar, que es un material aislante. Misteriosamente, las palabras de mi mamá en lugar de quedar aisladas por el rocío, algunas veces me producen electrochoques en el cerebro.

Tengo que descubrir el material que verdaderamente las pueda aislar, de otra manera nunca voy a salir bien librada de una visita a su casa. Por lo pronto, me urge regresar al lado de mi padre. Sus palabras son alquimia pura. Tienen esa prodigiosa cualidad de transformar, al igual que la luz eléctrica, la oscuridad en luz.

VIII

—¿Está lloviendo m'hijita?

—No papi, es que estoy clavando la foto que Lolita te regaló.

—¡Ay, chiquita! ¿Cómo crees que voy a confundir un martillazo con el sonido de la lluvia? Ya nomás me falta quedarme sordo…

Lluvia se asomó a la ventana y comprobó que efectivamente empezaba a llover pero se trataba apenas de unas leves gotas que ni ruido hacían.

—Pues sí, está lloviendo… ¿Cómo lo supiste?

—Porque vi las gotas.

Lluvia ríe de la ocurrencia de su papá, sabe que está ciego.

—No, en serio, ¿cómo lo supiste?

—Pues muy fácil, sólo tuve que oírlas.

—¿Las oíste? ¡Qué bárbaro! Yo sería incapaz de escuchar ese sonido, puede que el de un chaparrón sí, pero esas gotitas ¡nunca!

—Pues porque no lo intentas; si tratas, verás que poco a poco vas a poder ir oyendo más cosas. Yo empecé por escuchar los ruidos de mi cuerpo, luego los de mi casa, luego los de mi vecindario. Y así hasta que alcancé a escuchar a las estrellas.

—¡Ay, sí!

—En serio, Lluvia, no estoy bromeando.

—A ver, dime qué está diciendo en este momento la Estrella Polar.

—¿Ahorita?

—Sí.

—Ah, pues no puedo porque el ruido de tu martillo interfiere nuestra comunicación.

Lluvia y su padre soltaron la carcajada al mismo tiempo. Para Lluvia cada día era más agradable poder interpretar los mensajes telegráficos de su papá. Había llegado a dominar el telégrafo de tal manera que ya no necesitaba recurrir a la ayuda de la computadora para comprender a su padre.

—Pero para que veas que no te digo mentiras, vamos a hacer un experimento, tú piensas una pregunta y te concentras en la estrella como si de veras ella te escuchara y de inmediato vas a recibir la respuesta, si no puedes escuchar nada, yo te digo la respuesta.

—¿La pregunta que yo quiera?

—Sí.

—Creo que no necesito recurrir a la estrella para saber de quién está embarazada mi mamá en esta foto, a lo mejor eso me lo puedes responder tú directamente.

—¿En cuál foto?

—En la que estoy colgando en la pared.

—Ha de ser de Ramiro, tu hermano.

—¿Se llamaba Ramiro? ¿Y qué pasó con él? ¿Por qué nunca nadie lo mencionó?

—¿No lo hicimos?

Júbilo llegó a su casa justo a tiempo para escuchar a su cuñado Juan dar la noticia de que Lucha había dado a luz a un niño. Juan, el médico de la familia, era el que se había encargado del nacimiento de su hijo. El parto había sido un poco complicado, pero afortunadamente todo había salido bien. Júbilo entró a la recámara y se postró junto a la cama para besar la mano de su esposa. Lucha giró su cabeza en sentido contrario. No quería verlo, estaba muy molesta con él. Eran las cuatro de la mañana y Júbilo apenas iba llegando a casa y en estado inconveniente. Cuando Raúl había nacido, Júbilo no se había separado ni un minuto de Lucha; en cambio, ahora, ella había tenido que afrontar el acontecimiento sola. Bueno, la habían estado acompañando su madre y su hermano, pero no era lo mismo. Júbilo le pidió disculpas, pero Lucha como única respuesta dejó caer un par de lágrimas. Lo que más le molestaba era que su familia se hubiera dado cuenta de que Júbilo andaba de parranda. Ella había tenido mucho cuidado de que no se enteraran de la clase de vida que llevaba últimamente. Lo único que no había podido ocultarles era el despido de Júbilo. Eso había sido más que público y notorio. Lucha había conservado su puesto en la oficina gracias a las recomendaciones con las que había llegado a ocupar el cargo, pero en el fondo, sabía perfectamente el motivo por el que don Pedro había querido conservarla como secretaria.

Lucha, sola en la oficina, se sentía indefensa, vulnerable. Aun así, no había querido renunciar. No le veía el caso. Faltaban sólo unas semanas para que le dieran su incapacidad y luego podría estar tres meses gozando de su sueldo en casa, con sus hijos y Júbilo. Y ya verían entonces la mejor manera de solucionar su problema económico. Ella estaba dispuesta a hacer ese sacrificio por su familia y esperaba que Júbilo lo entendiera y la apoyara, pero no fue así.

El primer impulso de Júbilo después del incidente había sido el de presentar una renuncia conjunta con su esposa, pero como Lucha se negó, no le había quedado otra opción que permanecer en su puesto para respaldarla, para cuidarla, para protegerla de don Pedro, sin embargo su relevo no se hizo esperar.

Para Júbilo, esos últimos meses habían sido un infierno. Su despido lo tenía muy molesto. Había sido un acto de prepotencia. Se sentía lastimado en lo más profundo. El agravio era muy grande. Entendía que Lucha quisiera permanecer unos días más en su puesto antes de empezar a gozar de su incapacidad, pero la situación era muy difícil de soportar.

Se sentía poco hombre al permitir que su esposa trabajara ¡...y al lado de un enfermo como don Pedro! No resistía la idea de saberlos juntos. Los celos lo atormentaban de una manera especial. Se sentía robado, despojado de lo que más preciaba. Como si alguien le hubiera arrancado un pulmón o le hubiera cercenado las orejas. No, más bien como si anduviera desollado y con la piel al aire, o como si le hubieran llenado el cerebro de hielo seco.

No podía dormir, no podía comer, no podía pensar, todo le molestaba, todo le alteraba. Parecía como si trajera atravesado en el centro del cuerpo un soplete encendido y constantemente le estuviera quemando la piel por dentro. El malestar no lo dejaba descansar ni un segundo. Su mente, cual disco rayado, repetía y repetía una imagen que Júbilo no podía olvidar: la de don Pedro acariciando el vientre de Lucha. ¡Ese hijo de la chingada, se había atrevido a tocar lo más sagrado para Júbilo! Había puesto sus sucias manos sobre el cuerpo de su mujer. SU MUJER. Había profanado su templo, su diosa, el amor de su vida. Sabía muy bien que Lucha era inocente; sin embargo, no podía dejar de estar molesto con ella. No le cabía en la cabeza que pudiera seguir yendo a trabajar tan tranquila. Sentía mucha rabia contra Lucha, contra don Pedro, contra el mundo entero y hacía unos esfuerzos enormes para que su familia no lo notara. Trataba de ser igual de cariñoso y alegre que siempre pero, en el fondo, todos se daban cuenta de que ya no era el mismo, que en lugar de reír más bien parecía llorar por la boca. Los primeros días, en cuanto Lucha se iba al trabajo y Raúl a la escuela, Júbilo regresaba a la cama, que aún conservaba el calor y el aroma de su querida esposa, y trataba de pensar en otra cosa que no fuera don Pedro para no volverse loco de plano. Intentaba escuchar "Los Cancioneros del Sur", su programa de radio favorito en la XEW, pero no podía. La música, que tantos placeres le había dado en la vida, ahora lo inquietaba, le recordaba a un Júbilo que alguna vez había soñado con ser cantante. Así que prefería apagar el radio y distraerse en alguna otra actividad.

Sin Lucha y sin Raúl la casa se tornaba silenciosa y solitaria. Júbilo la recorría lentamente, luego salía a comprar el periódico al puesto de la esquina y se sentaba en la sala a leerlo. Aun cuando la sala se encontraba en el extremo opuesto del comedor, Júbilo podía escuchar claramente el sonido del reloj de pared que estaba instalado allá. El tic tac se adueñaba de la casa. Júbilo no podía dejar de escucharlo ni de imaginar a cada momento qué era lo que estaba pasando en ese instante en la oficina. Con un intervalo de quince minutos, el reloj tocaba una melodía diferente y al cambio de hora dejaba sonar unas fuertes campanadas.

Júbilo, sin esforzarse mucho, al escuchar las nueve, las diez o las doce, imaginaba la rutina que se seguía en la Oficina de Telégrafos. Sabía perfectamente a la hora en que Lucha iba al baño, en qué momento Chucho se ponía a leer el periódico, cuándo era que Reyes se levantaba por una taza de café, o Lolita se polveaba la nariz.

Lo malo era cuando comenzaba a pensar en lo que don Pedro estaría haciendo. Su mente de inmediato se enganchaba con los pensamientos que trataba de evitar y su tormento comenzaba de nuevo. Imaginaba a don Pedro abriendo la puerta de su oficina y pidiéndole a Lucha que entrara para dictarle una carta. Luego, imaginaba la forma en que Lucha se levantaba de su asiento cargando su panza de embarazada y la mirada lasciva que don Pedro le lanzaba a sus caderas. Por último imaginaba la morbosa sonrisa de don Pedro antes de cerrar la puerta, sin que él, desde lejos, lo pudiera impedir. El no poder ver ni oír a Lucha lo enloquecía y la impotencia lo llenaba de furia.

La vida no podía haberle impuesto un castigo más grande que sentarlo en una silla. No podía hacer nada. Era un simple espectador. Lo peor era que los celos le impedían ver claramente la realidad: colgaban frente a sus ojos una tela transparente, como las utilizadas en el teatro de sombras, que distorsionaba su visión y lo hacían ver monstruos y fantasmas atemorizantes, enormes, invencibles. Obviamente, la luz que estaba del otro lado de la pantalla era la causante de que la sombra de cualquier mano se convirtiera en cocodrilo. Y Júbilo no veía la hora de poder recuperar el sol. De despojarse de los celos. De que su vida recobrara la luz. ¡La luz! Su Luz María. Para Júbilo, la relación con Lucha había cambiado su vida de la misma forma en que la luz eléctrica había transformado la vida de los seres humanos.

La posibilidad de convertir la noche en día había sido uno de los grandes acontecimientos del siglo. A partir de ahí una serie de aparatos que funcionaban con energía eléctrica habían modificado la forma de vida de los habitantes de las grandes ciudades.

La llegada de la radio había llevado nuevos integrantes a las familias mexicanas. Por ejemplo, en el caso de los Chi, la familia estaba integrada por Júbilo, Lucha, Raúl, Agustín Lara y Guty Cárdenas. Cuando no había luz, la familia se desintegraba y sólo quedaban Júbilo, Lucha y Raúl. Pero cuando su esposa y su hijo se ausentaban, Júbilo se sentía peor que cuando se iba la luz. El silencio y la soledad le resultaban insoportables.

Lo que más trabajo le costaba tolerar no era la orfandad en la que quedaba, ni que Lucha hubiera permanecido trabajando con don Pedro en vez de apoyarlo a él, sino que lo hiciera fingiendo que nunca había pasado nada; que don Pedro no le había acariciado el busto, que, en respuesta a tal atrevimiento Júbilo lo había golpeado, que en represalia al bofetón, don Pedro lo hubiera despedido y que ahora, libre de impedimentos, se dedicara de tiempo completo a ofenderla con la mirada. El que Lucha pusiera una cara dura y aparentara una "normalidad" inexistente le parecía reprobable. Convertía a Lucha en cómplice de un delito: el de la impunidad. A Júbilo le afligía ver a su esposa y a todos sus compañeros telegrafistas callados, aguantando todo tipo de injusticias con tal de conservar su puesto. ¿Qué? ¿De veras no habría otra forma de ganarse la vida sin perder la dignidad?

¿Que no podrían ver que don Pedro sin su dinero y su cargo no era nadie? ¿No lo habían visto rodar las escaleras como un fardo? Júbilo no podía entender esa necesidad que tenía la gente de amoldarse, de agacharse, de resignarse a que un tipo corrupto y podrido los llenara de miedo.

En esos momentos, ¡cómo extrañaba a su abuela! Doña Itzel siempre se caracterizó por tener una mente clara y analítica y por ser una luchadora social incansable. Si viviera, de seguro ya estaría organizando una revuelta en la oficina para poner a cada quién en su lugar.

Júbilo se preguntaba qué diría doña Itzel si supiera que ahora, el desarrollo que ella tanto había temido, se había colado hasta el mismo seno del hogar. Que casi en cada casa había un radio y un teléfono. Que acababan de patentar la televisión y que la gente ya se estaba matando por adquirir uno de esos aparatos que les permitían ver a la distancia.

La abuela, aparte de comprobar que sus miedos habían estado perfectamente fundados y que el progreso no era tan inofensivo como se creía, se habría dado cuenta del peligro que entrañaba que el dueño de una estación de radio decidiera lo que los radioescuchas debían oír y el dueño de una estación de televisión, la imagen que se debía transmitir. Que ese control de la comunicación se prestaba a un manejo interesado de la información y, subsecuentemente, de la opinión pública.

Y no es que Júbilo se las estuviera dando de santo. Él se había pasado la vida modificando los mensajes, pero había que resaltar que lo había hecho con el único objetivo de mejorar las relaciones humanas. Había muchos, en cambio, que efectivamente habían dedicado su tiempo y su esfuerzo para enlazar poblaciones que antes estaban aisladas, pero con un claro interés de tipo económico donde todo se valía y podía ser manipulable, explotable, corruptible, comercializable.

Júbilo podía imaginar claramente lo que la abuela diría; se sacaría el cigarro de la boca y le preguntaría a boca de jarro:

—¿Qué te pasa, Júbilo? ¿Por qué dejas que un hombre, al que le importa un comino la comunicación, esté de director de la Oficina de Telégrafos? ¡Nomás me muero y todo se lo lleva la chingada! ¿Cómo es posible que todos aquellos que hicimos una revolución para dejarles un México mejor estemos pudriéndonos bajo tierra, mientras esos oportunistas se benefician de nuestra lucha? ¿Por qué lo permites? ¿Que no tienes güevos? ¿Cómo es posible que dejes que un hombre como don Pedro, sin moral ni escrúpulos, esté al lado de Lucha mientras tú te la pasas lamentándote de tu pena en una banca del parque? ¡No seas culero! ¡Levántate y haz algo!

¿Pero qué podía hacer? ¿Obligar a Lucha a renunciar? En primera, ella no era ninguna niña a la que pudiera decir lo que tenía que hacer y, en segunda, en las condiciones actuales de ninguna manera podría mantenerla. Si al menos en lugar de haberse empeñado en ser telegrafista hubiera estudiado para abogado o para médico como algunos de sus cuñados, no estaría atravesando por esa triste situación. Se sentía un fracasado. Lo peor era que con la llegada de la radiocomunicación el panorama para los telegrafistas se estaba reduciendo. No era tan fácil que encontrara un nuevo trabajo. Se moría de ganas por sacar a Lucha de ese trabajo, pero no veía cómo ni cuándo. Por lo pronto, tenía que aceptar que necesitaban el ingreso de Lucha, lo cual lo hacía sentirse más inútil.

Afortunadamente, aún conservaba su trabajo vespertino en la Compañía Mexicana de Aviación y eso en algo aliviaba la sensación de fracaso. De otra forma, ya estaría cortándose las venas.

¿Habría un sitio determinado para que él lo ocupara? ¿Un puesto esperando por él? ¿Sería parte de una ordenación cósmica? En su querida colonia, todo guardaba una relación mucho más acorde con un orden natural, sagrado. Las beatas entraban a la iglesia a la misma hora. El reloj del Museo de Geología daba la hora puntualmente. Los bolillos de la panadería "La Rosa" salían del horno a las siete de la mañana y a la una de la tarde, lloviera o tronara, el Dr. Atl, daba su paseo acostumbrado. Las señoras echaban cubetadas de agua en las banquetas y las barrían meticulosamente antes de que salieran los niños a la escuela. El afilador detenía su bicicleta en la misma esquina y a la misma hora. Todos y todas, siguiendo un ritmo preestablecido.

Júbilo se preguntaba hasta dónde uno podía romper ese orden. Hasta dónde ese ordenamiento se podía violentar. Hasta dónde le era permitido a un simple mortal como él cambiar el ritmo de los acontecimientos. ¿Estaría ya decidido su destino? ¿Podría modificarlo?

Lo único que sabía hacer en la vida era comunicar a la gente y amar a Lucha. No sabía ni quería hacer nada más. Desde niño había decidido que lo que más placer le daba en la vida era elevar el estado de ánimo de sus semejantes y mejorar sus relaciones personales. Además, modestia aparte, consideraba que lo hacía muy bien. Se le daba eso de la comunicación y del amor por Lucha. A partir del primer día en que la había visto, había deseado con toda el alma estar a su lado por siempre y que fuera ella la última persona que viera antes de morir. Ésa era su voluntad; sin embargo, tal parecía que la estructura de producción, basada en la industria y la tecnología, estaba en franco desacuerdo con sus planes.

Por segunda vez durante su existencia, se sentía desorientado, frustrado, y desconectado.

Coincidentemente don Pedro volvía a rondar por su vida. Le tenía tal rabia que si lo tuviera frente a él lo golpearía hasta el cansancio, le daría patadas en los güevos hasta dejárselos inservibles, le echaría en los ojos aceite hirviendo para que nunca más se atreviera a lanzarle ni a su mujer ni a ninguna otra una mirada indecente.

¡Y a sus manos!, a esas con las que se había atrevido a tocar a Lucha, esas con las que robaba a campesinos, esas con las que mataba inocentes, esas con las que había firmado su hoja de despido... Le encantaría llenárselas de pequeñas cortaditas con hojas de papel y luego bañárselas con jugo de limón y chile para que ni una "chaqueta" se pudiera hacer. De seguro el puerco de don Pedro en ese momento se debía estar masturbando, pensando en las tetas de Lucha. Júbilo sabía perfectamente que don Pedro, al momento de rozar el busto de Lucha se había muerto de ganas de acariciarle la chichi completa, de sacársela del brassier y metérsela a la boca, ¡si no lo iba a saber él! que el día en que Lucha le había tomado la mano y se la había puesto sobre el busto como una franca invitación para que la acariciara casi se muere de un infarto. La primera vez siempre es una experiencia inolvidable y Júbilo la tenía muy presente, pero la suavidad y tersura de sus pechos adolescentes en nada se equiparaban con la redondez y el volumen que tenían ahora que estaba embarazada.

Cada día la acariciaba con más placer. Se consideraba muy afortunado de haber descubierto el amor en brazos de Lucha. Con ella había aprendido a besar, a acariciar, a lamer, a penetrar. Juntos habían ido descubriendo la mejor manera de darse placer el uno al otro. Para Júbilo, la mano era su órgano sexual más importante. Con ella daba y recibía placer en gran escala. Con el pene se limitaba a acariciar la vagina por dentro, en cambio, con la mano podía acariciar todo el cuerpo de Lucha. Júbilo tenía perfectamente identificadas las zonas erógenas de su mujer. Sabía muy bien dónde y cómo deslizar sus dedos y la palma de su mano. Tenía catalogados los puntos de mayor sensibilidad, entre los cuales el busto jugaba un papel predominante. Júbilo sabía cuál de sus pezones era más sensible, cómo debía acariciarlo sin causarle dolor, hasta dónde podía succionarlo y mordisquearlo sin lastimar su delicada piel.

De pronto, sintió un golpe en la cabeza. Una pelota le cayó del cielo y lo hizo reaccionar. Las risas de unos niños pequeños que jugaban en el parque distrajeron sus pensamientos. Júbilo les regresó la pelota y sonrió. De repente, se sintió culpable de estar sentado en el parque a esas horas en lugar de estar trabajando y mucho más de estar pensando en los pezones de Lucha frente a esas inocentes criaturas. Trató de concentrarse por un instante en el crucigrama que estaba resolviendo para aparentar que estaba haciendo algo, que no estaba rascándose el ombligo. No quería que la gente pensara que era un güevón, pues a las personas generalmente se les juzga por lo que hacen y se les valora por cuánto ganan y, desde cualquier punto de vista, él se sentía un don nadie.

Un hombre sucio y trastabillante, se sentó en la misma banca que Júbilo y lo obligó a suspender su actividad. Se trataba del Chueco López. Venía crudísimo. Se tardó un rato en reconocer a Júbilo, pero en cuanto lo hizo, se abrazó a él y lloró en su hombro. Lo llamó "hermano del alma" y le invitó a una copa en la cantina. A Júbilo no le emocionaba mucho que digamos, compartir su tiempo con el Chueco, pero como no tenía nada mejor que hacer, aceptó la invitación. Obviamente, el Chueco López no tenía con qué pagar y el que terminó invitando fue Júbilo, pero no le importó en absoluto pues descubrió que el alcohol lo anestesiaba de maravilla.

Por un buen rato, no sintió ningún tipo de sufrimiento. Se rió como hacía muchos días no lo hacía. Se olvidó de Lucha y sus pezones, de don Pedro y su mano larga y de que estaba semidesempleado.

Sobra decir que a partir de ese día se convirtió en un cliente asiduo del lugar. Después de unas cuantas copas veía la vida diferente. Podía contar chistes, ser gracioso, provocar la risa en los demás parroquianos.

La vida de Júbilo se transformó rápidamente. Dejó de buscar obsesivamente un trabajo. En la cantina se sentía útil. Pronto se había convertido en el confidente de varios briagos y había encontrado el sitio ideal para pasar el tiempo en las mañanas. Después de dejar a Raúl en la escuela, de inmediato dirigía sus pasos a la cantina. Ahí siempre encontraba alguien con quien jugar dominó, a quien narrar anécdotas chistosas, con quien brindar por las mujeres. Su vicio por el cigarro aumentó. Fumaba tres cajetillas al día.

Abandonaba la cantina cuando escuchaba el reloj del Museo de Geología marcar la hora de ir a recoger a su hijo a la escuela y de llevarlo a casa de sus abuelos. De ahí tomaba el camión que lo llevaba al aeropuerto y llegaba a tiempo de cumplir con su trabajo de radiotelegrafista. Llegaba oliendo a alcohol y cigarro pero de muy buen humor. Al terminar con su turno, regresaba a casa y se metía en la cama con Lucha. Abrazado a su cuerpo y con la mano sobre su panza de embarazada donde sentía los latidos de su futuro hijo, todo cobraba sentido.

Poco a poco su rutina comenzó a variar. Empezó porque en vez de levantarse, bañarse y estar listo para ir a la cantina, prefería quedarse en la cama y en pijama. Luego, le dio por que ya no se quería afeitar, hasta que un día, le dio por no querer presentarse a trabajar en la Compañía Mexicana de Aviación.

Cualquier psicoanalista moderno le habría diagnosticado una fuerte depresión, pero como Lucha no lo era, explotó. Ya no podía más. Todo ese tiempo había estado fingiendo que no pasaba nada pero ¡pasaba! Ella tenía que ir a la oficina y rechazar el flirteo de don Pedro de una manera firme pero cortés, para no despertar su enojo. Tenía que aguantar el olor a alcohol que despedía el cuerpo de Júbilo, a pesar de que le daba náuseas, con tal de sentirlo cerca. Tenía que comer, a pesar de no tener hambre, porque llevaba un niño en las entrañas. Un niño que no tenía la culpa de nada. Un niño que Lucha rogaba a Dios por que estuviera sano y que nunca hubiera sentido la mano de don Pedro acariciándolo. Tenía que tragarse todos esos pensamientos pues eran muy íntimos. Tenía que llegar cansada del trabajo a hacer la cama, lavar los trastes, preparar la cena de Raúl y jugar un rato con él antes de que se durmiera. Tenía que aguantarse las ganas de reclamarle a Júbilo que no la ayudara en la casa pues sabía perfectamente el mal momento por el que estaba atravesando. ¡Pero ya no podía más!

Si Júbilo pensaba que era muy fácil callarse la boca y no hablar, estaba equivocado. Le resultaba insoportable guardar silencio ante tanta injusticia. Era insufrible el alejamiento de su esposo. Extrañaba hacer el amor como antes y ya ni eso podían. Estaba a punto de dar a luz. Y ahora, para colmo, Júbilo no quería ir a trabajar. ¡Qué fácil!

Discutieron un buen rato, durante el cual Lucha manifestó toda su rabia y ésta fue tan poderosa que pudo mucho más que una sesión de psicoanálisis. Al día siguiente, Júbilo regresó a su trabajo, no sin antes irse a la cantina, a ponerse "hasta las manitas". Lucha, desesperada, se dio cuenta de que ya no podía contar con Júbilo, que estaba sola.

Afortunadamente, al poco tiempo, la esperada incapacidad llegó. Lucha se despidió del trabajo y los problemas entre ella y Júbilo disminuyeron considerablemente.

Los sufrimientos de Júbilo se esfumaban cuando podía ver, oír y tocar a su esposa. Con la presencia de Lucha en la casa todo volvía a la normalidad. Júbilo, por supuesto, prefería estar con ella que en la cantina. Se la pasaba de lo mejor al lado de su esposa. Iban juntos al mercado, juntos cocinaban, juntos se bañaban, juntos recogían a Raúl y comían antes de que Júbilo partiera para el aeropuerto. De pronto, su despido de la Oficina de Telégrafos se convirtió en algo positivo. Gracias a que Júbilo tenía las mañanas libres, Lucha y él podían llevar una relación de novios. No se podía decir que de amantes porque el abultado vientre de Lucha como que no estaba para esos brincos, pero su relación amorosa estaba mejor que nunca. Se sentían unidos y muy felices a pesar de que Júbilo aún no encontraba trabajo.

Júbilo casi llegó a olvidarse de la existencia de don Pedro. Su nombre no se mencionaba en casa. Tal vez por eso se molestó tanto el día en que una llamada telefónica lo regresó a la realidad.

Él había ido a comprar las tortillas y venía de regreso con ellas. Al cruzar por la recámara, descubrió a Lucha sentada sobre la cama, hablando por teléfono. Lucha estaba tensa. Júbilo continuó su camino para no parecer indiscreto, pero mantuvo su oído pendiente de la conversación, hasta donde su capacidad auditiva se lo permitía. Terminó de poner la mesa mientras Raúl se lavaba las manos y cuando Lucha apareció en el comedor supo que quien había llamado era don Pedro. Había algo en el tono de voz de su esposa que se lo decía. Fingiendo normalidad le preguntó:

—¿Quién era?

—Don Pedro.

—¿Y qué quería?

—Nada. Sólo quería saber cómo me sentía y si ya habíamos decidido quién iba a ser el padrino del niño.

—¿Y qué le dijiste? ¿No estará pensando en ser el padrino de mi hijo?

—Parece que sí…

—Espero que le hayas dicho que no puede ser el padrino del niño.

—No se lo dije abiertamente. Le dije que no lo habíamos

decidido, que lo estábamos pensando y que primero tenía que hablarlo contigo.

—¡Esto es el colmo! Nunca pensé que fuera tan hijo de la chingada. ¡Cómo se le puede ocurrir tal cosa!

—Cálmate, mi amor, te va a oír Raúl.

—¡Que me oiga! Y tú, Lucha, ¿por qué no le dijiste que no? ¿Qué, te interesa mucho ser su comadre?

—¡Claro que no! No lo quiero cerca de mi hijo para nada, pero tampoco se trata de ser una grosera con él…

—¡No!, ¡claro que no! ¡El señor se merece todo nuestro respeto!

—Tampoco, Júbilo, pero no le veo el caso a llevar una mala relación con él, después de todo es mi jefe, ¿no? Dentro de unos meses tengo que regresar a trabajar a su lado y quiero llevar la fiesta en paz.

—¡No tienes por qué echarme en cara que la única que trabaja en esta casa eres tú!

—¿Y quién te lo está echando en cara? ¡No inventes!

—¿Qué pasa, mamá?

El rostro compungido de Raúl, evitó que sus padres siguieran discutiendo, pero no pudo impedir que, terminando de comer, Júbilo se fuera de la casa y no regresara hasta las cuatro de la mañana, después del nacimiento de su nuevo hermanito.

El nuevo integrante de la familia Chi, era un niño que todo lo que tenía de bello lo tenía de chillón. Lloraba día y noche, por lo que pronto se convirtió en el mayor reto que Júbilo había tenido en la vida. Él, generalmente, podía interpretar a las mil maravillas cualquier llanto de un niño pero con su propio hijo se veía totalmente imposibilitado. Encontraba mucha dificultad para descifrar los reclamos de Ramiro, el nuevo integrante de la familia, pero sin lugar a dudas, era el único que podía tranquilizarlo. Con Raúl todo había sido mucho más fácil. Júbilo nunca dudó si lo que su hijo necesitaba era comer o que le cambiaran el pañal. En cambio con Ramiro le resultaba imposible. Le costaba más trabajo entender sus reclamos que recibir un telegrama en ruso. Para entender medianamente lo que Ramiro necesitaba tenían que aguantar su llanto por más de media hora. Se dice rápido, pero aquel que ha escuchado el llanto de un niño a todo volumen, sabe de lo que estamos hablando.

Lucha se volvía loca con el niño por lo que le agradeció enormemente a Júbilo su devoción y dedicación para atenderlo. Al principio, creyó que lo hacía como una manera de reivindicarse con ella y obtener su perdón por no haberla acompañado en el parto, pero pronto descubrió el interés sincero que su esposo tenía en el niño y que en verdad deseaba poder establecer la misma relación que tenía con Raúl. Le cantaba, lo cargaba, lo arrullaba con verdadero cariño, pero la mayoría de las veces el niño seguía llorando incansablemente. Ramiro había llegado a este mundo sin un manual de funcionamiento que lo acompañara por lo que Júbilo tuvo que guiarse por su instinto y seguir los mismos pasos que sus antepasados en el ejercicio de la paternidad.

Para saber qué hacer y qué no hacer con el niño, Júbilo se apoyó en la antigua práctica del ensayo-error. Mientras llegaba a una conclusión, la familia Chi comenzó a bailar al ritmo del son que Ramiro tocaba. El niño asumió el control de las actividades hogareñas. Cuando Ramiro dormía, todos tenían que aprovechar para descansar un rato y cuando despertaba, todos tenían que levantarse junto con él. No había manera de que pudieran seguir dormidos, los decibeles que alcanzaban sus llantos eran insoportables y alarmantes que incluso provocaron las quejas de los vecinos. Les preguntaban que si el niño estaba comiendo bien o si no tendría un problema de salud. Pero no, el niño en apariencia estaba muy sano. Parecía ver y escuchar sin problema. Emitir sonidos ¡no se diga!, sus movimientos y sus reflejos correspondían perfectamente al desarrollo de un niño de su edad. Orinaba y defecaba abundantemente. Nada indicaba un desequilibrio a nivel físico. No, su problema era otro y ni Júbilo podía comprender en qué consistía.

Finalmente, después de estudiar la respuesta de su hijo ante determinados estímulos, ¡la luz se hizo! y Júbilo llegó a la conclusión de que a su hijo le molestaba el olor a alcohol.

La feliz revelación surgió una tarde de domingo en que su cuñado Juan había ido de visita. Júbilo tenía a Ramiro en brazos y el niño estaba muy quitado de la pena, pero cuando Júbilo decidió acompañar a Juan en un brindis con tequila, el niño enfureció: manoteaba, temblaba como atacado por un monstruo. Como si el niño supiera que al alcohol se debía el que su padre no lo hubiera recibido a su llegada a este mundo o como si temiera que la bebida pudiera separarlos.

A partir de ese gran descubrimiento, Júbilo entendió que a su hijo no le gustaba el olor a alcohol y dejó de tomar por completo. Con ello, la vida en familia se normalizó por un tiempo. Ramiro comenzó a sonreír y a hacer las delicias de la familia. Se la pasaron tan bien esos meses que cuando llegó la hora de que Lucha regresara a trabajar, lo resintieron mucho. Lo bueno era que Júbilo seguía semidesempleado y Lucha podía irse a la oficina con la tranquilidad de que en casa se quedaba su marido cuidando a Ramiro. Por las tardes, cuando llegaba la hora de que Júbilo se fuera al aeropuerto, tanto Raúl como Ramiro se quedaban en casa de los papás de Lucha y ahí era donde ella los recogía al salir de su trabajo. A pesar de la nueva rutina, la familia pudo disfrutar de unos días de tranquilidad, hasta que un trágico incidente vino a transformar sus vidas mucho más que el nacimiento de Ramiro.

El trabajo que Júbilo desempeñaba en la Compañía Mexicana de Aviación consistía en establecer comunicación con los pilotos por medio de un aparato radiotelefónico para darles instrucciones sobre las condiciones climatológicas y las pistas de despegue y aterrizaje y, a su vez, recibir información que los pilotos le proporcionaban sobre sus posiciones de vuelo.

Un día, Júbilo estaba conversando con uno de los pilotos con el que llevaba una buena amistad y la comunicación comenzó a fallar. El avión había despegado apenas y Júbilo intentó seguir en contacto con él pero fue imposible.

Al poco rato el avión se estrelló y murieron muchos pasajeros, entre ellos el piloto. Júbilo quedó destrozado por la tragedia y se sintió culpable; sin embargo, él no había tenido nada que ver. Las directamente responsables de la falla habían sido las manchas solares.

Al llegar a su casa por la noche, encontró a Lucha completamente dormida. Aunque se moría de ganas de conversar con ella sobre esta terrible experiencia, le dio pena despertarla. No pudo conciliar el sueño en toda la noche y por la mañana no encontró la oportunidad de conversar con Lucha. Su esposa tenía que bañarse, vestirse, dar el pecho a Ramiro y el desayuno a Raúl. A Júbilo le correspondía cambiar los pañales del más pequeño de sus hijos y luego ponerlos a remojar en una cubeta y lavar los trastes del desayuno. Por más que los dos se esforzaban, no encontraban un momento para ellos. En cuanto Lucha y Raúl se fueron y Ramiro se durmió, Júbilo tuvo tiempo para pensar en lo ocurrido horas antes y se deprimió. Se reportó enfermo. No podía ir a trabajar en esas condiciones. Necesitaba hablar con alguien, desahogarse, pero antes de ir a la cantina, prefirió esperar unas horas, pedirle a una de sus cuñadas que cuidara a los niños por la tarde para poder ir a recoger a su esposa al trabajo y llevarla a cenar. A Leticia, su cuñada, no le extrañó la petición. Ese día Lucha cumplía años y le pareció de lo más normal que Júbilo quisiera festejar a su esposa.

Los compañeros en la oficina también tenían conocimiento de la fecha, pero fingieron no recordarla para darle a Lucha una fiesta sorpresa, al terminar con su horario de trabajo.

Don Pedro encontró una forma original de celebrarla. Muy temprano en la mañana había llamado a Lucha para pedirle un favor muy especial. Tenía que hacer un regalo para una gran dama y debido a que Lucha siempre se había distinguido por su buen gusto para vestir, era ella la más indicada para aconsejarlo en la compra. Le pidió que a la hora de su descanso, lo acompañara al Palacio de Hierro a elegir la prenda más indicada.

A Lucha no le tomó mucho tiempo decidirse por una mascada de seda. A leguas se veía que era la más fina y elegante. Don Pedro pidió a la dependienta que se la envolviera para regalo. No tardaron casi nada. Don Pedro y Lucha regresaron de inmediato a la oficina y don Pedro, antes de cruzar la calle, tomó a Lucha del brazo. En ese mismo instante, Júbilo venía doblando la esquina y alcanzó a ver a la pareja riendo y muy quitados de la pena. Don Pedro llevaba en las manos una caja envuelta para regalo, adornada con un gran moño rojo.

Jubilo, en lugar de entrar a la oficina, decidió dar la media vuelta y caminar un rato para calmarse. No quería hacer un numerito de celos frente a todos sus compañeros. De nada le sirvió, pues cuando minutos más tarde llegó por su esposa y la encontró probándose una mascada y observó sobre el escritorio de su Lucha la caja que momentos antes había visto a don Pedro cargar, la ira se apoderó de su alma.

Júbilo, aparentando una tranquilidad que no tenía, le preguntó a Lucha que quién se la había regalado y ella, para no hacerlo enojar, le dijo que Lolita. No le vio caso decirle que era un obsequio de don Pedro y mucho menos recordarle a Júbilo que ése era el día de su cumpleaños y él ni cuenta se había dado o al menos aún no la había felicitado. A Júbilo se le había pasado por completo. Entre el desvelo de la noche anterior y la culpa ¡qué se iba a andar acordando! Por otro lado, aunque lo hubiera tenido muy presente, lo único a lo que habría llegado sería a comprarle unas flores a su querida esposa pero no a darle un regalo costoso. Él no era afecto a ese tipo de demostraciones de amor, pero don Pedro sí y Lucha, que estaba tan acostumbrada a prescindir de regalos el día de su onomástico no pudo dejar de sentirse halagada cuando don Pedro le dio el regalo que ella misma, sin saber, había elegido.

Para Júbilo, ése fue el primer signo de que don Pedro había iniciado nuevamente el cortejo de su esposa, pero lo que le preocupaba es que a ella, esta vez, parecía agradarle, de no ser así ¿por qué le había ocultado que don Pedro le había hecho el regalo?

Júbilo no alcanzó a identificar que la alegría que su esposa experimentaba se debía más a su presencia en la oficina que a la posesión de la mascada. El aparato receptor de Júbilo parecía estar dañado. Su mente confundía los códigos. Mezclaba las claves que recibía del exterior y las convertía en una maraña indescifrable. En condiciones normales, el cerebro de Júbilo actuaba de una manera muy atinada y comprendía la razón por la que la gente acostumbra decir "te odio" por "te amo" y viceversa. Pero en la situación actual, estaba malinterpretando los mensajes que Lucha le enviaba. Para él, su esposa era como una "Máquina Enigma", ese artefacto ideado por los alemanes para enviar mensajes en clave durante la Segunda Guerra Mundial.

El conflicto armado se sirvió de la utilización del radio como un arma de guerra fundamental. A través de él se enviaban señales a las tropas en el frente pero corrían el riesgo de ser interceptadas con facilidad por el bando enemigo. Lo único que se requería para lograrlo era un aparato sintonizado a la misma frecuencia que el enemigo.

El ejército alemán, siendo fiel a su rígida disciplina, acostumbraba enviar sus mensajes a la misma hora y las tropas aliadas se aprovechaban de esto para hacer un enlace con la señal y poder escuchar sus mensajes. Para evitarlo se inventó una máquina criptográfica cuya función era la de cambiar una letra por otra. En esta máquina de claves, se utilizaba la máquina de escribir normal, pero cada vez que oprimía una letra, ésta era sustituida por otra con la ayuda de veintiséis cilindros que tenían miles de combinaciones. La única manera de descifrar un mensaje en clave era sabiendo la posición que tenían los rotores al inicio del mensaje, lo cuál era prácticamente imposible.

Gracias a la colaboración de varios matemáticos notables se logró elaborar un aparato similar a la "Máquina Enigma" de los alemanes y fue posible la descodificación de los mensajes. Se guiaron en este difícil y dedicado trabajo por la cantidad de repeticiones de una letra en particular, hasta que lograron crear la "Máquina Pez", un teletipo que codificaba y decodificaba claves a gran velocidad. Terminada la guerra, esta labor, que requirió de tantas y tantas horas de trabajo, sirvió para que se pudieran desarrollar las computadoras de una manera acelerada.

Se podría decir sin temor a equivocarse que la mente de Júbilo era una sofisticada máquina criptográfica, sólo que ahora estaba descompuesta y por lo mismo equivocaba los mensajes. Su esposa estaba feliz de verlo, no de tener una mascada. La diferencia era enorme y él no la supo interpretar correctamente. La razón, por segunda vez en su vida, coincidía con que las manchas solares estaban en plena actividad e interfiriendo con todos los sistemas de radiocomunicación. Júbilo, tanto en su vida personal como en la profesional, estaba sufriendo las catastróficas consecuencias de este fenómeno.

Por fortuna, la reacción de Lucha ante la sorpresiva visita de su esposo fue tan entusiasta que pudo más que los celos de Júbilo. Lo llenó de besos y abrazos y tomó una iniciativa contundente para subsanar la falta de memoria de su marido:

—Sabía que no te ibas a olvidar de mi cumpleaños.

Júbilo reaccionó de inmediato. ¡Cómo había podido olvidar una fecha así! Desde que Lucha tenía trece años, habían venido celebrando juntos su onomástico, así que aunque no estaba con ánimo de celebraciones, hizo un esfuerzo por dejar de lado sus celos y sus problemas para agasajar a su esposa como era debido. La invitó a cenar al Café Tacuba y la cena del lugar resultó un afrodisiaco poderoso.

El Café Tacuba formaba parte de su historia sentimental. Entre otras cosas, Júbilo ahí le había pedido a Lucha que se casara con él y ahí ella le había anunciado que sería padre por segunda vez. El estar sentados en la misma mesa y atendidos por la mesera de siempre, tuvo un efecto relajante en Júbilo y fue uno de los factores determinantes para que pudiera recuperar su característico estado de ánimo. Durante la cena platicó con Lucha acerca de la terrible experiencia de la noche anterior y recibió de parte de ella todo el apoyo y comprensión que podía esperar y necesitar. Tomado de la mano de Lucha, la luz entró a su cerebro e iluminó las oscuridades de su alma.

Poco a poco la energía amorosa comenzó a circular entre ambos y apuraron la cena para irse a casa. Tenían urgencia por entregarse al placer del amor. Júbilo, de cumpleaños, le regaló a Lucha la mejor noche de amor que había tenido en su vida y que habría de tener. Fue una noche mágica. Hicieron el amor como nunca antes lo habían hecho.

Lucha y Júbilo se despertaron adoloridos pero revitalizados a pesar de casi no haber dormido en toda la noche. Lucha, apresuradamente eligió la ropa que se iba a poner para ir a trabajar. Tuvo cuidado, como siempre, de elegir el vestido menos llamativo y que más la cubriera de la mirada indiscreta de su jefe. Le dio un largo beso en la boca a su marido y salió corriendo para el trabajo. Júbilo se hizo cargo de Raúl y Ramiro.

A partir de ahí, una serie de acontecimientos los llevaron de la gloria al infierno a velocidad extraordinaria.

Júbilo ya llevaba en su haber dos noches en blanco: una a causa del accidente aéreo y la otra a causa del amor; pero la última le dio suficiente energía como para remontar el agotamiento y rendir en su trabajo mucho más que otros días. Tenía las pilas tan cargadas que no resintió el cansancio hasta que abrió la puerta de su casa ya entrada la noche.

Esperaba encontrar a Lucha, pero, extrañamente, ella no se encontraba allí. En su lugar se topó con su suegra, quien se encargó de explicarle lo mejor que pudo, que Lucha había llamado por teléfono de la oficina para decirle que no podía recoger a los niños y le pedía que por favor los llevara a su casa y le explicara a él que iba a llegar tarde pues había surgido una emergencia en la oficina. A Júbilo le extrañó mucho. Por más que trataba de imaginar algún tipo de "emergencia" dentro de la Oficina de Telégrafos, no podía encontrar ninguna. Le agradeció a su suegra que se hubiera tomado la molestia de atender a sus hijos y en seguida él se hizo cargo de la situación. Después de dormir a los niños, se recostó en la cama y encendió el radio. "La Hora Azul" ya había iniciado. La voz de Agustín Lara inundó la recámara:

> Sol de mi vida
> Luz de mis ojos
> siente cómo mis manos acarician tu tersa piel
> mis pobres manos, alas quebradas
> crucificadas bajo tus pies.

La imagen de Lucha crucificada sobre la cama no tardó de plantarse ante sus ojos. Júbilo la imaginó igual que la noche anterior: encendida, apasionada, trastornada de amor. Lo calentó recordar la mirada de Lucha totalmente abandonada en el éxtasis. ¡Qué mujer tenía!

¿Dónde estaría ahora? ¿Por qué no lo llamaba por teléfono? Realmente estaba preocupado. Al poco rato sonó el teléfono. Era la suegra de Júbilo, también estaba inquieta. Su hija nunca había hecho algo así. Júbilo, para tranquilizarla, le dijo que Lucha ya había llegado pero que se encontraba amamantando a Ramiro. Con estas palabras, Júbilo intentaba verdaderamente calmar a su suegra, pero también evitar que lo llamara nuevamente por teléfono, pues el sonido del aparato lo ponía más nervioso de lo que ya estaba. Trató de escuchar el programa de radio para olvidarse de sus pensamientos negativos y cerró los ojos para concentrarse con mayor facilidad.

> Di que tus rosales florecieron para mí
> dame la sonrisa que dibuja la esperanza
> dime que no te perdí
> dame el sosiego del alma
> ven que mi cabaña con la luna pintaré
> contando las horas de la noche esperaré
> piensa mujer que te quiero de veras,
> piénsalo, piénsalo bien…

El que no dejaba de pensar en Lucha era él. La música sólo le estaba sirviendo de pretexto para revivir la noche anterior y cómo estas mismas canciones les habían servido de fondo musical para hacer el amor.

¡Lucha! ¿Estaría pensando en él? Por más que trataba de no imaginar nada malo, no podía. Le parecía muy sospechoso que no se comunicara. La única razón para que no lo hiciera era que hubiera tenido un accidente…, o que don Pedro la hubiera invitado a salir.

Tenía los nervios de punta. Para calmarlos primero recurrió a los cigarros y cuando se le terminaron, al alcohol, con tan mala suerte que en ese preciso momento Ramiro se despertó. Era su hora de comer y su madre no estaba ahí para alimentarlo. Júbilo intentó darle una mamila con leche de vaca que tenían en el refrigerador y mientras la calentaba, cargó al niño para evitar que su llanto despertara a Raúl. En cuanto Ramiro percibió el olor que despedía el cuerpo de su padre, arremetió con llantos destemplados y ya no hubo manera de hacer que se callara. Júbilo tuvo que ponerse loción, lavarse la boca, chupar pastillas de menta y arrullar a su hijo por horas hasta que logró hacerlo dormir nuevamente. Lo acostó en la cuna y se recostó en la cama. El alcohol y el cansancio acumulado de dos noches completas en vela hicieron efecto y Júbilo se durmió profundamente por unos minutos. No fueron muchos, pero sí los suficientes como para que Ramiro despertara nuevamente, jalara el cobertor con el que lo había tapado su padre y se asfixiara con él.

Júbilo despertó con los gritos de Lucha, acababa de llegar y antes de acostarse al lado de Júbilo le había dado un beso al niño, encontrándolo muerto.

Entre el desconcierto reinante y los aullidos que Lucha profería, Júbilo alcanzó a preguntar:

—¿Qué pasa?

—¡Ramiro está muerto!

Júbilo no alcanzaba a entender nada, se acercó a su esposa, que estaba golpeando la pared, y trató de sostenerle los brazos para que no se lastimara. Lucha, al principio, se dejó abrazar por su esposo, pero cuando percibió el característico olor que despide el alcohol, aun disfrazado por la loción, lo apartó bruscamente.

—¿Estás borracho? ¿Por eso no oíste al niño?

Lucha centró su furia contra Júbilo y lo golpeó sin clemencia alguna. Júbilo no opuso resistencia, sentía que se merecía eso y más. Se sentía culpable, sin embargo, la culpa era tan grande que no podía con ella, así que decidió lanzarla fuera como vómito de propulsión.

—¿Y tú, dónde andabas? ¿Tú por qué no oíste a tu hijo? ¿Andabas de puta?

Lucha dejó de llorar. No daba crédito a lo que acababa de oír. No era posible que Júbilo le hubiera dicho tal cosa y menos en un momento como ése. Se separó de él lentamente y se fue a encerrar al baño. En el camino se llevó a Raúl que buscaba a sus padres tallándose los ojos. Lucha cerró la puerta del baño con cerrojo. No quería ver a Júbilo. No tenía caso explicarle que había llegado tarde porque don Pedro había violado a Lolita. Que la había tenido que acompañar al doctor y que no se le había separado hasta dejarla un poco más tranquila y en su casa. No tenía fuerzas para hablar. Es más, desde ese día decidió que no tenía ya nada más que hablar con Júbilo.

185

La muerte de su hijo fue devastadora para Júbilo. El no haberlo escuchado era lo peor que podía haberle pasado en la vida.

Él, que se consideraba una persona dotada especialmente para poder oír desde el estruendo hasta el sosiego, no concebía lo que había sucedido.

Él, que consideraba que el silencio no existía se había quedado sordo unos minutos.

Él, que sabía que por muy callado que esté el ambiente siempre quedan corazones latiendo, planetas girando en el cielo, cuerpos que respiran, plantas que crecen y que producen ruido, ¡no había oído nada!

¡No había oído nada!

Desde muy temprana edad, Júbilo se había percatado que no toda la gente podía escuchar lo mismo que él, que habían susurros, zumbidos, chasquidos que para la mayoría de las personas resultaban imperceptibles pero que para él eran sonidos muy penetrantes.

Para Júbilo, era perceptible hasta el deslizamiento de los insectos al caminar. Cuando lo llevaban a jugar a la playa, él le decía a la abuela: "¿Oyes cómo canta la arena?" refiriéndose al sonido que producían los diminutos granos al ser movidos por el viento. Ese "canto" sólo es captado algunas veces en las grandes dunas, pero nunca en la arena de una playa, sin embargo, para Júbilo eran muy claras las entonaciones que la arena producía.

Sin lugar a dudas, Júbilo tenía un oído adaptado para escuchar frecuencias de onda corta que ni siquiera los aparatos modernos podían captar. Esta facultad, muchas veces le había provocado molestias, pues con el correr de los años, la ciudad se había ido llenando de un rumor particular de furgón ronroneante. Ese sonido lo alteraba, le llenaba los oídos de ruidos sibilantes que algunas veces hasta dolor de cabeza le producían. Y todo eso ¿de qué le había servido? ¡No había escuchado a su hijo mientras estaba muriendo!

—Papi, ¿me oyes…?

—A lo mejor no la escucha.

—¿Le dio algún relajante?

—No, le di un analgésico porque tenía un rato con dolor en la boca del estómago y se quedó dormido…

—Papi, despiértate chiquito que mi mamá vino a verte…

Don Júbilo abrió los ojos de inmediato. No podía creer lo que estaba escuchando. Lucha estaba ahí. Su corazón comenzó a latir rápidamente y de inmediato el estómago tembló y le dolió de nuevo. Por muchos años había esperado ese momento.

Lluvia también estaba sorprendida. En varias ocasiones le había pedido a su mamá que fuera a ver a su padre y ella se había negado rotundamente. Era todo un acontecimiento que se hubiera presentado en su casa y sin avisar. Que Lluvia recordara, sus padres no hablaban desde el día en que ella se había casado, treinta años atrás. Desde que tuvo uso de razón recordaba a sus padres relacionándose de una manera distante, inclusive durmiendo en recámaras separadas. Alguna vez, Lluvia le había preguntado a su papá la razón por la que no se había divorciado y él le respondió que porque en su época un hombre nunca habría podido ganar la patria potestad de los hijos y que, la verdad, él no había querido separarse de ellos. A Lluvia no le parecía una razón suficiente, pero no había insistido.

Aunque parezca raro, ella percibía que el motivo que sus padres tenían para mantener esa extraña relación era una fuerza amorosa escondida bajo el alejamiento externo. Por lo que haya sido, ella agradecía a la vida la oportunidad que le había dado de gozar de la presencia de su padre en casa, aunque para los extraños resultara todo un misterio esa relación.

Y si en su boda sus padres se habían visto por última vez, ahora era en su casa que se iban a reencontrar y Lluvia no podía más que bendecir la ocasión.

En cuanto su madre estuvo familiarizada con la forma en que su padre "hablaba" a través de la computadora Lluvia les dijo:

—Bueno, creo que tienen mucho de que hablar.

A lo que su madre respondió:

—Así es.

Antes de cerrar la puerta, Lluvia alcanzó a escuchar que su mamá le decía a su papá:

—Odio odiarte, Júbilo.

IX

Lucha llegó a su trabajo con retraso pero más feliz que nunca e ignorante de que ése sería el último día de felicidad plena que iba a experimentar en la vida.

A partir de esa fecha todo iba a cambiar, pero a esas horas de la mañana, nada parecía salirse de la rutina. No sólo eso, ante los ojos de Lucha, el mundo brillaba más de lo habitual y tenía un tono rosado. Se sentía totalmente enamorada de su esposo a pesar de tener diez años de casada. Nunca pensó que eso fuera posible. Mucho menos que aún siguiera aprendiendo nuevas formas de hacer el amor. Júbilo había resultado ser un compañero sexual maravilloso. La noche anterior habían descubierto nuevas posiciones que ni en el Kama Sutra aparecían. Con ellas había experimentado orgasmos múltiples increíbles. Una noche como ésa bien valía diez años de limitaciones económicas. Ninguno de los pequeños problemas que Júbilo y Lucha habían tenido en su matrimonio logró disminuir en algo su estado de enamoramiento total. Ni siquiera la reciente inclinación de Júbilo por la bebida parecía ser un obstáculo insalvable, pues Lucha sabía perfectamente que era pasajera y que Júbilo recurría a ella sólo como una manera de olvidar sus problemas, pues, para un hombre como él, debía resultar muy difícil no poder mantener a su familia.

A veces Lucha hasta se sentía culpable de exigirle tanto. Lo único que esperaba era que a Júbilo le quedara claro que a ella no le interesaba el dinero por el dinero mismo, sino porque a través de él podía proporcionar a su familia una vida digna.

Ella no era la única que dudaba que su manera de actuar fuera la correcta. En algunas ocasiones, Lolita le había llegado a comentar que tal vez le estaba pidiendo demasiado a Júbilo y le había criticado el tener tantas aspiraciones en la vida. Lucha no se lo tomaba a mal. Sabía que lo hacía con cariño y empujada por sentimientos honestos y acordes con su manera de pensar.

Lolita era una mujer sufridora que no esperaba nada de la vida. Era la primera en llegar a trabajar y la última en irse. Cumplía con su trabajo calladamente. Nunca actuaba de manera irresponsable ni en contra de los convencionalismos sociales. Era discreta, prudente, tímida, mojigata y muy, pero muy educada. Mostraba tal interés en agradar a los demás, que nunca hacía un comentario fuera de lugar, empujada por el miedo espantoso que tenía a que la dejaran de querer.

Cuando era niña, su padre la había abandonado a ella y a su madre y no estaba dispuesta a sufrir otro abandono y, para evitarlo, era capaz de cualquier cosa, incluso de llegar al servilismo. Sin embargo, su urgencia de obtener aprobación sólo provocaba que los hombres huyeran de ella. Nunca tuvo novio y siempre se enamoraba de aquellos que no la podían querer.

Lucha quería y respetaba mucho a Lolita a pesar de saber que estaba enamorada platónicamente de Júbilo. No se lo reprochaba. Júbilo era la persona más amable y adorable que podía haber. Cuando aún trabajaban los tres juntos, Lucha siempre había disfrutado de la mirada que Lolita le echaba a su esposo de vez en cuando y nunca le molestó, todo lo contrario, la hacía sentirse orgullosa. Por lo mismo, no malinterpretaba que su querida amiga defendiera a Júbilo a capa y espada y que estuviera tan preocupada por la situación por la que Lucha y Júbilo estaban atravesando.

Lucha consideraba a Lolita como su confidente y le agradecía que se preocupara sinceramente por sus problemas. En sus conversaciones, lo único que Lolita no parecía entender era la postura de Lucha en cuanto a economía hogareña se refería. Lucha había recibido de sus padres una educación muy particular sobre el dinero y cómo gastarlo. Sabía muy bien lo que el dinero podía comprar y no dudaba en utilizarlo. Esto no quería decir que fuera una compradora compulsiva ni mucho menos, no. Sabía que el dinero era importante, entre otras cosas para dar una sensación de seguridad. Para sentir que uno podía vivir con toda tranquilidad dentro de una casa que resistía perfectamente las lluvias, los temblores y el frío. Su gran preocupación por tener dinero para pagar una buena escuela para sus hijos tenía su origen en la creencia de que mientras mejor preparados estuvieran, ellos podrían, cuando se casaran, proporcionar seguridad económica a su familia. Por eso, los primeros meses de casada se había sentido tan desprotegida en manos de Júbilo. Por primera vez se había visto expuesta a la necesidad y la aterrorizó sentirse de esa manera. Por fortuna, no le había llevado mucho tiempo llegar a la conclusión de que nunca iba a encontrar otro ser humano más valioso que Júbilo y que la manera de solucionar su sensación de estrechez económica era saliendo a trabajar para ayudar a su marido en el sostenimiento del hogar.

Desde que ella había entrado a trabajar, las cosas habían mejorado mucho. Sentía que su matrimonio estaba más sólido que nunca, que el estado emocional de Júbilo mejoraría de inmediato en cuanto consiguiera otro trabajo y que ella estaba dispuesta a ayudarlo en lo que fuera y a cuidar que hasta el último centavo que ganaban se utilizara correctamente.

Por lo mismo, si Lucha hacía una compra le gustaba que fuera la mejor, tanto desde el punto de vista estético como económico. Estaba más que convencida de que lo barato sale caro. Además, tenía una teoría muy particular respecto a la belleza; consideraba que vivir dentro de un ambiente limpio, agradable y armónico elevaba el espíritu. Lucha tenía una extraña facilidad para descubrir, al mismo instante de pisar una tienda, los objetos más valiosos. No se le escapaban de la vista aunque estuviesen escondidos entre muchos otros. Siempre detectaba el vestido más bello que, para su desgracia, resultaba ser el más costoso. Después de hacer sus cálculos, Lucha no tardaba mucho en decidirse por el caro pues sabía que, para su economía, era mucho mejor adquirir el de mejor calidad y no el que estuviera más barato pues muchas veces ese tipo de prendas se decoloraban o encogían a la primera lavada.

Si entraba a una mueblería, le sucedía exactamente lo mismo. Siempre se inclinaba por el mueble más caro, el que estaba hecho con la mejor madera y los mejores acabados. Sabía por experiencia que éstos eran los que duraban más y también que la mejor bebida era aquella que menos daño causaba al organismo. El buen ojo que tenía para los objetos materiales, lo tenía para catalogar a las personas. Desde que había visto a Júbilo por primera vez, había valorado tanto su calidad humana como su belleza física. Era un hombre inteligente, sensible, poseedor de un gran sentido del humor, delicado en su trato, apasionado en la cama, respetuoso, caballeroso, ¡era un hombre único! A Lucha hasta risa le daba que Júbilo sintiera celos de don Pedro. Lucha NUNCA podría haber puesto sus ojos en una persona de tan baja categoría social, espiritual y física. Don Pedro era todo lo opuesto a la luz, a la armonía y al buen gusto que Júbilo irradiaba. Era un ser oscuro, feo, malencarado, grosero, irrespetuoso, aprovechado, encajoso, inmoral, vulgar, que si no sabía lo que era la buena educación, mucho menos en qué consistía el tener buen trato y el sentir respeto hacia las mujeres. Ella no iba a cambiar la más por lo menos. Y don Pedro estaba mal de la cabeza si pensaba que con una pinche mascada la iba a poder comprar. Lucha no estaba loca para renunciar a Júbilo y a sus hijos por un tipo tan despreciable. Era sólo un pobre pendejo con dinero en la bolsa. Si a ella lo único que le interesara en la vida fuera el dinero, ya lo habría obtenido y a manos llenas de su jefe. Pero ésa no era su meta. Era una mucho más elevada. Era pasar el resto de sus días al lado de Júbilo e igual de enamorada como hasta ahora, ¡como la noche anterior! Al recordar parte de lo que Júbilo y ella habían hecho en la cama se sonrojó.

La presencia de su jefe frente a su escritorio la volvió a la realidad. Don Pedro se había dado por ofendido pues Lucha, la tarde anterior, había abandonado la oficina sin siquiera despedirse de él, pero eso sí, ¡luciendo la mascada que le había regalado y que tan cara le costó! Lo que más lo dolió fue ver la mirada de amor que le lanzó a su esposo. Él nunca había despertado ese tipo de mirada en nadie, mucho menos en una mujer como Lucha y estaba dispuesto a lograr que esa mujer fuera suya a como diera lugar y de pasada, a amortizar la compra de la mascada.

Don Pedro consideraba a todas las mujeres como unas ingratas que lo único que querían era sacarle dinero a los hombres, pero él les iba a enseñar cómo tratar y respetar a un hombre como él. Ya estaba cansado de que Lucha le viera la cara. No estaba dispuesto a esperar más tiempo para ponerle la mano encima. Estaba furioso y quería vencer, a toda costa, la resistencia que Lucha le oponía. Le irritaba en extremo la tónica de frialdad y distancia que imponía en su trato con él. Ya había probado de todo y nada le resultaba. Tenía que cambiar de estrategia para lograr acostarse con ella. Consideraba que ya le había invertido mucho dinero y que era hora de cobrarse las flores, los chocolates y la mentada mascada. Estaba harto de sentirse ignorado y despreciado, ese día había intentado castigarla con su desprecio, pero Lucha ni cuenta se había dado. Para colmo, la muy malagradecida ¡se había dado el lujo de llegar tarde! así que le había impuesto el castigo de redactar una infinidad de cartas. Ya casi todos se habían ido. La oficina estaba semidesierta.

—¿Ya terminó?

—Ya casi.

—¡Ay! Luchita, ayer ni adiós me dijo, se fue muy rápido. Yo la pensaba invitar a cenar.

—Le agradezco la intención, pero como sabe, estoy casada y me fui a celebrar con mi esposo.

—Espero que la haya tratado bien.

—Sí, muy bien.

—¿Le hizo algún regalo?

—El mejor.

—¿Mejor que la mascada que le regalé?

—¿Sabe qué, don Pedro? Permítame decirle que ésa es una

pregunta de muy mal gusto y le sugiero no repetirla, bueno, si es que algún día quiere figurar en sociedad.

—Usted de veras se siente una yegua muy fina, ¿verdad?

—Sí, lo soy.

A don Pedro le dieron ganas de abofetear a Lucha para quitarle la mirada de desprecio y superioridad con la que lo veía y a Lucha de renunciar. A ella no le gustaba andar hincada para no gastar los zapatos. ¡No señor! Su situación económica seguía siendo endeble, pero ella ya no estaba embarazada, fácilmente podría conseguir otro trabajo, incluso uno mejor pagado y donde no tuviera que aguantar a cretinos de esa naturaleza. Pero ninguno de los dos actuó conforme a sus impulsos. Don Pedro se tragó la ofensa, dio media vuelta y antes de entrar a su oficina gritó desde la puerta:

—¡Lolita!, venga a mi oficina, por favor.

Lucha, en lugar de terminar las cartas que tenía enfrente, comenzó a redactar su renuncia. Ya había tomado la decisión, pero lo iba a hacer como era debido y no impulsivamente. Para eso servían la educación y la inteligencia. Cuando terminó con el documento lo guardó en un cajón, tomó su bolsa y salió de la oficina.

Antes de regresar a su casa, quiso llevarle a Júbilo pan del Café Tacuba para mantener vivo el buen sabor de boca que la noche anterior les había dejado. Luego caminó unos pasos más hasta su coche y en ese momento se percató de que había dejado las llaves del automóvil sobre el escritorio. Lucha tomó el camino de regreso. No pudo evitar llevar una sonrisa en el rostro, le gustaba esa sensación de estar distraída como adolescente enamorada.

Al entrar a la oficina, se dio cuenta de que ya no había nadie, los escritorios estaban vacíos, el silencio reinaba. Los pasos de Lucha resonaban en todo el edificio. La luz del despacho de don Pedro seguía encendida. Lucha caminó de puntitas para que su jefe no se diera cuenta de su presencia. No quería encontrarse con él a solas.

Al tomar las llaves con la punta de sus dedos para que no hicieran ruido, Lucha alcanzó a escuchar unos sollozos de mujer provenientes de la oficina de don Pedro. Por unos segundos se quedó inmóvil para estar segura de que lo que había oído era lo correcto y, efectivamente, se trataba de un llanto de mujer. Lucha se animó a abrir la puerta y descubrió a Lolita llorando en un rincón, en posición fetal.

Lucha corrió hacia ella y con verdadero horror dedujo todo lo sucedido. Lolita tenía la ropa rasgada y las medias manchadas de sangre, estaba en completo estado de shock y cuando vio a Lucha se abrazó a ella y comenzó a gritar desesperadamente. Le confesó que don Pedro la había violado y le suplicó que por favor no le contara a nadie lo que había pasado pues se moriría de vergüenza si alguien más se enterara y, en especial, Júbilo. Lucha consoló a su amiga lo mejor que pudo y trató de convencerla por todos los medios de que presentara una denuncia contra don Pedro en la estación de policía pero Lolita se resistió terminantemente. No se creía capaz de soportar la crítica de los otros. Lucha, entonces, trató de persuadirla para que accediera a ir a un hospital pero recibió la misma respuesta. Por fin, después de mucho rato, logró convencerla de ir a casa de su hermano Juan, el médico, para que la atendiera. Lolita aceptó con la condición de que Lucha no se separara ni un minuto de su lado.

Lucha cumplió su promesa y permaneció tomándola de la mano y limpiándole las lágrimas hasta que la dejó instalada en su cama. A la mamá de Lolita tuvieron que decirle que un terrible asalto había sido el responsable de que su hija hubiera llegado tan tarde del trabajo y en esas condiciones.

Lucha llegó a su casa muerta de cansancio. La experiencia de ver a Lolita atravesando por tan triste situación le había resultado muy impactante. Nunca se imaginó que aún le faltaba enfrentarse con algo mucho más aterrador.

La muerte de Ramiro representó para ella el fin de todo aquello que consideraba valioso en su vida: su familia y su amor por Júbilo.

Don Pedro, esa noche, no sólo había acabado con la virginidad de Lolita, de paso había profanado su propio hogar, había acabado con la imagen que Lucha tenía de Júbilo y la que Júbilo tenía de ella. ¡Cómo era posible que Júbilo dudara de su honestidad! Lucha consideraba que si había alguien en el mundo que la conocía a la perfección era Júbilo. Si en alguien había depositado toda su confianza, su intimidad, sus anhelos, sus deseos innombrables era en él. Y de pronto se daba cuenta de que los diecisiete años que tenían de conocerse de nada valían. En una frase Júbilo había acabado con todo.

¿Cómo era posible que la hubiera llamado puta? ¿Que acaso no la conocía? ¿De qué le había servido entregarle no sólo su cuerpo sino su alma de tal manera?

Le parecía increíble que la misma persona a la que le tenía más confianza en la vida y que se suponía que la amaba como a nadie era la que estaba destruyendo todo su mundo, ese que nunca pensó que se podía deteriorar ni devaluar. Era insoportable que el único hombre que consideraba diferente a los demás, estuviera resultando ser idéntico a los otros. Lucha decidió que nunca más iba a permitir que él o que algún otro hombre la lastimaran. Ya no quería saber nada más del género masculino.

Al día siguiente del entierro de Ramiro le exigió a Júbilo el divorcio. Júbilo, a pesar del estado de consternación por el que atravesaba le pidió que esperaran unos días para tomar esa decisión, pero Lucha no quiso escuchar ni aceptar ninguna de sus razones. Se había quedado sin corazón, lo había enterrado al lado de Ramiro. Sentía que se lo habían asesinado de igual forma que a don Pedro.

Ese mismo día, una noticia había ocupado la primera página de los periódicos: "Con la misma arma que mató a su joven amante, fue asesinado por otra amante."

Se trataba del relato del asesinato de don Pedro a manos de una mujer misteriosa. La nota decía:

201

"Su vida fueron las peleas de gallos y las mujeres. El director de la Oficina de Telégrafos, fue encontrado muerto en un hotel de la Plaza Garibaldi esta mañana en compañía de una de sus amantes en turno. Un tiro de calibre 44 de un revólver tipo villista, acabó con su vida. Con esa misma arma, años atrás, había matado a una joven amante, pero gracias a su dinero e influencia pudo salir en libertad. La carrera de Pedro Ramírez dentro de la política surgió de la nada. Se inició durante los años de la guerra cristera donde se rumoreaba que traficaba con armas. En su trayectoria de servicio ocupó varios cargos dentro de la administración pública, entre los cuales el más relevante fue como diputado federal por el estado de Puebla.

"Según las primeras investigaciones, Pedro Ramírez salió de su oficina el viernes por la noche y se dirigió en compañía de unos amigos a "El Colorín", un conocido centro nocturno ubicado en la Plaza Garibaldi. Al cinto portaba su inseparable revólver 44, el mismo con el que fue muerto esa madrugada. Los meseros del lugar declararon que don Pedro era un cliente asiduo que siempre asistía acompañado de diversas mujeres. De acuerdo a los reportes oficiales, muy entrada la noche, Pedro Ramírez abandonó el centro nocturno para dirigirse a un hotel de paso. Lo acompañaban dos mujeres jóvenes con las que pensaba pasar la noche. Caminaron sólo unos pasos y una tercera mujer se les unió. Discutió fuertemente con Pedro Ramírez y, durante el forcejeo, el arma se disparó y lo mató. La mujer misteriosa rápidamente desapareció del lugar de los hechos y nadie la pudo describir con detalle. Nunca se le había visto por ahí y el único dato que aportaron era que iba muy bien vestida. Lo cual deja abiertas muchas líneas de la investigación por homicidio."

Cuando un hijo muere se quedan muchas preguntas sin respuesta, y mucho más cuando existen sentimientos de culpa entre los padres.

¿Qué habría pasado si no me hubiera dormido? ¿Habría salvado al niño de no haber estado fuera de casa? ¿Mi hijo viviría si yo no hubiera tomado? ¿Existe un dios castigador? ¿Qué mal hice para recibir este castigo? ¿Soy capaz de proteger y cuidar a mi familia? ¿Cómo perdonar un descuido de tal naturaleza? ¿Cómo superar una traición?

Cada uno tenía sus propias dudas en la cabeza pero lo cierto era que, tanto Lucha como Júbilo, se sentían incapaces de depositar nuevamente la confianza en su compañero. La tragedia había acabado con ella. Ya ni siquiera podían mirarse a los ojos. El dolor de la muerte de su hijo era insoportable y cada uno, con su simple presencia, se lo recordaba al otro.

Algunos piensan que en la medida en que se ama se debe perdonar, pero muchos otros se niegan a aceptarlo por la simple razón de que no pueden olvidar lo sucedido. Júbilo no podía olvidar que él estaba a cargo del niño cuando murió ni que una mujer bien vestida había asesinado a don Pedro en un arrebato de celos y la misma noche de la fatídica fecha. Lucha no podía olvidar que Ramiro había muerto por un descuido de Júbilo y mucho menos que "el error" había sido provocado por el alcohol.

Para poder perdonar es necesario aceptar lo que no se puede cambiar y ninguno de los dos estaba en posibilidades de hacerlo porque la propia culpa se los impedía. Lucha sentía que si no hubiera sido tan exigente con Júbilo, éste nunca se habría sentido un inútil y no habría comenzado a tomar. Ramiro había muerto porque Júbilo se había quedado dormido, pero si ella hubiera estado en su casa habría escuchado a su hijo.

Júbilo, por su parte, pensaba que si él hubiera sido capaz de generar suficiente dinero, Lucha nunca se habría visto en la necesidad de salir a trabajar ni de relacionarse con don Pedro y caer en sus garras, tal y como él sospechaba.

Sólo los años iban a poder sanar sus almas y para lograrlo primero tendrían que aclarar las dudas que guardaban en la cabeza y a los dos les tomó cincuenta y dos años, un ciclo solar azteca, para volver a hablar de lo sucedido esa noche y acabar con las interrogantes. Pero en ese momento, ninguno de los dos estaba con la mente clara, la tenían ocupada todo el tiempo en tratar de hacer admisible lo inadmisible, en encontrar un poco de alivio, en liberarse de culpas, en vivir lo más sanamente posible con el terrible recuerdo de lo sucedido.

Por eso, la noticia del nuevo embarazo de Lucha los tomó tan desprevenidos y les acarreó nuevas interrogantes. Estaban en medio de los trámites del divorcio y a Júbilo le pareció que no era el momento indicado para tener otro hijo. Sin embargo, Lucha opinó todo lo contrario. Ese niño representaba un asidero. Era el recuerdo vivo de que había habido amor entre ellos. De que todos esos años habían valido la pena y luchó contra viento y marea por conservarlo.

Lucha decidió que ese niño le pertenecía a ella sola. No quería compartirlo con Júbilo. Batalló para lograr su divorcio lo más pronto posible, aun en contra de toda su familia, que le pedía calma, pues quería besar y abrazar a sus anchas a ese futuro hijo producto de la mejor noche de amor de su vida, la noche anterior a la muerte de Ramiro.

Sentía que con este nuevo embarazo la vida le estaba regresando algo de lo que le había arrebatado sin clemencia alguna. Así quería entenderlo. Viéndolo bien, hasta debía ser agradecida con los dioses por la ayuda que le estaban dando. Para empezar, le habían quitado del camino a don Pedro para que su vida fuera un poco más llevadera. Ese infeliz tenía más que merecida la muerte, pero lo que Lucha no alcanzaba a comprender eran cuáles habían sido los motivos para que también le quitaran a Ramiro, eso no lo iba a entender nunca ni aunque trataran de consolarla con la llegada de un nuevo hijo.

Para Júbilo, no fue tan fácil aceptar que iba a ser padre por tercera vez. Estaba agotado, vacío, no tenía cara para presentarse ante su nuevo hijo para decirle: mira, yo soy tu padre. Yo te traje a este mundo y soy el que se supone que te debe proporcionar alimento y vestido, pero ¿qué crees?, no tengo dinero. Por otro lado, también se supone que te debo cuidar y amar pero déjame decirte que no soy muy bueno para esas cosas, me da por tomar y quedarme dormido mientras mis hijos se ahogan. Creo que no te convengo, no puedo cuidar tu sueño, no soy bueno para ello, te puedo dejar morir.

En ese momento, Júbilo no se consideraba bueno ni para cuidarse a sí mismo. Era sólo un saco lleno de recriminaciones. El miedo de dañar a otros lo hizo buscar la manera de anularse como ser humano, de privarse de todo contacto externo, de aniquilar su conciencia. Le dolía despertar. Le dolía ver a Raúl. Le dolía mirar a Lucha. Le dolía oler las flores de su jardín. Le dolía caminar. Le dolía respirar. Lo único que deseaba era morirse. Acabar de una vez por todas con su cuerpo físico, porque emocionalmente ya no existía. Así que decidió instalarse en la cantina, quedarse para siempre ahí. Dejar de sufrir. Dejar de batallar. Ahí se olvidaba de todo y de todos. El único esfuerzo que tenía que realizar era llevar la botella a la boca. Se pasaba todo el día bebiendo y por las noches se quedaba recostado en el umbral de la cantina, sin bañarse, sin comer, pidiendo limosna para seguir bebiendo.

Su compañero inseparable fue el Chueco López. Él fue su instructor en la vida callejera. Cuando la cantina estaba abierta, utilizaban el baño del lugar para hacer sus necesidades, pero cuando cerraba, tenían que acudir al baño de la iglesia de la Sagrada Familia, la misma iglesia donde Lucha y Júbilo se casaron años atrás. Para todos en la colonia fue muy triste ver a Júbilo en ese estado y nadie dudaba en darle dinero cuando se los pedía. Aparte del cariño que le tenían, todos le debían algún favor, por lo que no podían negarse, aun sabiendo que las monedas que le daban, Júbilo las iba a utilizar para seguir bebiendo. Todos sabían que su hijo había muerto y comprendían su desesperación. Algunos trataron de hablar con él, de aconsejarlo, pero Júbilo ya no escuchaba, estaba perdido en el alcohol. Su estado físico y emocional se fue deteriorando rápidamente. Sufrió todo tipo de calamidades. Lo asaltaron y le quitaron el saco y los zapatos pero ni cuenta se dio. Algunos días amanecía vomitado, otros, cagado, otros más, golpeado. Sus piernas se le hincharon, los pies se le agrietaron y su corazón sangró día y noche.

Y así estuvo hasta que cumplió un ciclo de cincuenta y dos días. Para los aztecas el número 52 era importante porque la suma de sus dos dígitos daba 7. En un año cabían siete veces siete por lo que el 52 siempre se tomaba como un ciclo de vida completo.

Los cincuenta y dos días que Júbilo pasó bebiendo se convirtieron en una fase que tenía que cumplir para darse cuenta de que en verdad no quería morirse. Lo descubrió un día en que su cuñado Juan fue a buscarlo. Júbilo ya no se podía levantar del piso. Cuando vio a Juan se aferró a su

mano y le dijo: ¡ayúdame, compadre! Juan se encargó de llevarlo a un hospital en donde Júbilo inició su recuperación.

Fue una recuperación lenta y dolorosa que incluyó el
aprendizaje de vivir alejándose del sufrimiento. Lo primero
que Júbilo tuvo que enfrentar fue la falta de alcohol en las
venas; luego, recuperar el movimiento de sus piernas, de sus
brazos y finalmente el funcionamiento de todo su cuerpo,
pero lo más difícil sin duda fue intentar recuperar a su familia.

Cuando salió del hospital Lucha ya tenía siete meses de
embarazo. Había conseguido un nuevo trabajo en la Lotería
Nacional y lo combinaba con el de la oficina de Telégrafos
pues, debido a la muerte de don Pedro, ya no había tenido
necesidad de presentar su renuncia. Estaba más bella que
nunca pero no quería saber nada de Júbilo. Le daba gusto
que se hubiera recuperado, más aún, ella fue quien le había
informado a su hermano Juan el paradero de Júbilo, pues a
su vez, una vecina le había avisado a Lucha. Con gran interés había seguido su recuperación a lo lejos, pero así mismo
quería que siguiera, lejos de ella y de sus hijos.

Júbilo tuvo que hacer un esfuerzo enorme para ponerse en
pie, para conseguir trabajo nuevamente y para convencer a su
esposa de que iba a luchar para mantener su matrimonio a
como diera lugar. Los padres de Lucha jugaron un papel
importante en esa etapa. Si alguna vez trataron de convencer
a su hija de que no se casara con Júbilo, ahora hicieron todo
lo posible por convencerla de que debía perdonarlo y permi-

tirle regresar a la casa, pues lo querían igual que a un hijo. Todos esos años Júbilo les había dado muestras de la gran calidad humana que tenía y su suegra se había convertido en su mejor aliada. Nunca se cansó de defenderlo y no paró de glorificarlo hasta que logró ablandar el corazón de Lucha y ésta aceptó tener una entrevista con él, con el que aún seguía siendo su esposo, pues todavía no se divorciaban, ya que la ley lo impedía mientras Lucha estuviera embarazada.

Júbilo llegó con Lucha muy bien presentado. Sus suegros se habían llevado a Raúl a su casa para que ellos pudieran hablar ampliamente sin ninguna interrupción.

En cuanto Lucha y Júbilo se vieron, sus cuerpos tuvieron el impulso de correr a abrazarse, pero sus dueños los contuvieron. Júbilo estaba delgado pero le recordaba a Lucha a aquel muchacho de quince años que viera por primera vez a sus trece. Lucha estaba más reluciente que nunca. Su enorme panza enloqueció a Júbilo. Después de hablar y llorar por un buen rato Júbilo le pidió que le mostrara el vientre. Lucha se levantó la bata de embarazada para que Júbilo pudiera admirar su silueta y terminaron en la cama abrazados.

Una fuerte lluvia se desprendió del cielo y llenó de olor a tierra mojada la recámara. Al estar abrazado de Lucha y escuchando la lluvia, Júbilo sintió claramente cómo le volvía el alma al cuerpo. Para él, la lluvia era el recuerdo de que había estado muerto, que meses antes su espíritu había emigrado hacia un cielo superior y ahora regresaba a ocupar su lugar en la tierra.

La lluvia representaba la resurrección de esas gotas de agua que antes se habían evaporado, desaparecido del mundo para tomar de nuevo forma en el cielo y regresar a la tierra. El sonido de las gotas de lluvia y el hijo que Lucha guardaba en su vientre, eran para Júbilo el mejor canto a la vida que podía haber. Para él era claro que le estaban dando una segunda oportunidad de vivir que no iba a desaprovechar.

El amor que Lucha y él se tenían había generado una nueva existencia, palpable bajo ese vientre a punto de dar fruto. Y los latidos de ese ser fueron el mejor motivo para que permanecieran así, abrazados, gran parte de la tarde, hasta que el parto prematuro los interrumpió. Al poco rato una niña sietemesina llegó a este mundo como un regalo del cielo.

Júbilo le puso por nombre Lluvia y juró que nunca, pasara lo que pasara, iba a separarse de ella. Quería ser todo oídos para ella y estaba dispuesto a darle todo el amor que tenía en su interior como una manera de agradecer cada día extra que le dieran de vida. Y así lo cumplió. Júbilo vivió en casa de Lucha hasta que Lluvia se casó.

Esos años no siempre fueron de amor y dulzura. Lucha y Júbilo nunca pudieron restablecer totalmente su matrimonio. Don Pedro les había dejado como herencia una gran sombra que abarcaba desde la casa hasta la oficina. Júbilo recuperó su trabajo en la Oficina de Telégrafos, pero el ambiente ya no era el mismo. Algo grave había pasado en ese lugar y Lucha guardaba el secreto.

—¿Por qué no me lo dijiste? ¿Por qué lo callaste tanto tiempo?

El sonido del telégrafo no paraba de repiquetear en el ambiente. Júbilo movía su dedo a gran velocidad pero no obtenía respuesta. Su ceguera le impedía darse cuenta de que la luz se había ido y de que Lucha no podía leer en la computadora lo que él estaba "diciendo".

Lucha se levantó rápidamente de la silla en la que se encontraba sentada y corrió hacia la puerta de la recámara. La abrió y gritó a todo pulmón:

—¡Ámbar!, ¡ven por favor!

Lluvia llegó corriendo, alarmada por los gritos de su madre, creyó que su papá se había puesto mal, pero cuando entró al cuarto se dio cuenta de la emergencia y de inmediato se dispuso a solucionar el problema.

—¿Qué dice tu papá?

—Dice que… su deber era cuidarte y su obligación llenar tu vida de risas y que no pudo…, que lo perdones por haberte fallado, que su única intención fue quererte y que no supo cómo hacerlo pero que siempre has sido y serás la persona a la que más ha amado en la vida…

Eso no era lo que don Júbilo había dicho, pero le encantó ver que su hija así lo había interpretado. Dirigió los ojos

211

hacia Lluvia con una chispa de complicidad y dio un gran suspiro.

Finalmente ella se había atrevido a dar voz a sus deseos. Lluvia también lo sabía. Y estaba convencida de que no había inventado nada, que sólo había repetido las palabras que mucho antes había escuchado, cuando aún no nacía, cuando esperaba en el vientre de su madre el mejor momento para nacer. Lluvia al momento de traducir había sido fiel a esa voz que por tanto tiempo había permanecido rondando los rincones y los techos de su casa sin poder manifestarse. Cuando Lluvia observó que los ojos de su madre adquirían una luminosidad inusitada, supo que su traducción había sido la correcta. Había logrado desenterrar una emoción que había permanecido por largo tiempo bajo el sepulcro del orgullo y la soberbia. Lluvia por primera vez estaba descubriendo rasgos desconocidos de la personalidad de su madre.

En un inicio, le había sorprendido el gesto de dolor que se había dibujado en su rostro al ver a su padre enfermo pues nunca se imaginó que pudiera sufrir tanto por él. Pero ahora que sus ojos resplandecían de amor sentía que había realizado un hallazgo mucho más importante que el del arqueólogo que descubrió a la Coyolxauhqui.

¡Su madre había escondido todos esos años, bajo capas y capas de frialdad, una mirada de amor capaz de derretir a cualquiera! Su luminosidad provenía de lo más profundo de su corazón. Era increíble que le hubiera pasado desapercibida. Lluvia tenía la impresión equivocada de que sus padres hacía tiempo que no mantenían el mínimo contacto entre ellos y ahora se daba cuenta de su error.

Recordó la manera en que Samuel Morse en el año de 1842 descubrió que era posible la comunicación telegráfica inalámbrica y que no eran necesarios los cables para transmitir un mensaje ya que la corriente eléctrica viaja velozmente a través de un cable…, o sin él. Esto lo descubrió un día en que observó a un barco mientras rompía accidentalmente el cable submarino de un río, sin que esto interrumpiera la transmisión del mensaje telegráfico que en ese momento se estaba realizando.

Al presenciar la forma en que la mano de su madre se posó sobre la de su padre sin que mediaran las palabras, le permitió comprobar que dentro de la matriz resonante que era el cosmos, la transmisión de energía se daba de manera permanente y se preguntó si esta comunicación invisible e intangible siempre había existido entre ellos, sólo que hasta ahora se daba cuenta, ahora que había descubierto que tenía una gran facilidad para captarla. Curiosamente, la enfermedad de don Júbilo, que tantos sufrimientos le había acarreado, fue la que le dejó descubrir a Lluvia que contaba con ella de nacimiento. Le habría encantado descubrirlo mucho más temprano en la vida. ¡Qué tranquilidad le habría proporcionado en su niñez darse cuenta de que aunque los puentes de comunicación entre sus padres estuvieran rotos, la energía seguía circulando de un lado al otro, pues a pesar de que las líneas estuvieran caídas, el amor seguía viajando a la velocidad del deseo! Sólo le bastó ver las manos entrelazadas de sus padres para entender muchas cosas. La ira de su madre, su frustración permanente de no poder besar y abrazar a su esposo como quería, la forma en que descargaba la rabia en sus hijos en vez de hacerlo con él.

La frustración de su padre, la manera en que buscaba la compañía de la música para convertirla en sustituta de las caricias de Lucha. En un segundo todo cobró sentido para ella. Le habría gustado comprenderlo mucho antes, pero todo tiene su tiempo y no hay manera de acelerarlo a voluntad. Por ejemplo, a don Júbilo le llevó una vida reconstruir el puente roto, pero lo logró, un momento antes de morir, pero se fue con esa tranquilidad.

Se pasó su último día prácticamente en estado de coma imposibilitado para pulsar su aparato de telégrafo. Esperó hasta que Lucha llegó a visitarlo para morir. Lluvia estaba convencida de que la luz que los ojos de su madre despedían fue la que iluminó el camino de su padre en el más allá. Se despidieron sin palabras pero con mucho amor.

La sabiduría popular es enorme. La gente ha cifrado en refranes verdades muy grandes, sin embargo, éstas cobran sentido hasta que uno las vive. Muchas veces repetí: "Uno nunca sabe lo que tiene hasta que lo ve perdido", pero fue hasta que mi padre murió que supe a lo que estas palabras en verdad se referían. Su ausencia es inconmensurable. No hay forma de explicarla, de poder transmitir la experiencia de quedarse solo. Lo único que me queda claro es que ya no soy la misma. Ya nunca voy a ser hija de don Júbilo. Ya nunca voy a sentirme niña protegida. Ya nunca voy a tener esa sensación de que había en el mundo un hombre que siempre me iba a dar su apoyo incondicional pasara lo que pasara.

Me cuesta trabajo concebir el mundo sin mi papá. Toda la vida estuvo a mi lado, en las buenas y en las malas. En caso de enfermedad, ahí estaba mi papá. En caso de un problema emocional, ahí estaba mi papá. En caso de unas vacaciones, ahí estaba mi papá. En las fiestas de la escuela de mis hijos, ahí estaba mi papá. En caso de un apuro económico, ahí estaba mi papá. Siempre sonriente, siempre atento, siempre dispuesto a ayudar, ya fuera a llevar a mis hijos a la escuela, a pelar nueces para los chiles en nogada, o a acompañarme al mercado de pulgas de La Lagunilla, a lo que fuera, mi papá desde que abría los ojos hasta que los cerraba, estaba dispuesto a servir a los demás.

Sé que es muy egoísta pensar así. La vida que mi papá tuvo los últimos meses ya no era vida. Sufría mucho. No le gustaba depender de los demás. Realmente fue una bendición que muriera y que lo hiciera de la forma en que lo hizo. Rodeado de amor, al lado de las personas que tanto lo quisimos, en su propia cama y no en un frío hospital. Lo único que me duele es no haberlo podido llevar a ver de nuevo su querido *K'ak'nab*, el mar de la ciudad de Progreso donde aprendió a nadar. Estuvimos planeando el viaje, pero su estado de salud nos lo impidió.

Al menos lo que sí pudo, fue despedirse del Sol. Por la

215

mañana, me pidió que lo pusiera junto a la ventana para hacerle una última salutación. Al atardecer, falleció.

Siguiendo con sus instrucciones, lo vestimos con su traje de lino blanco, con el que bailaba danzón con mi mamá y llamamos a la funeraria.

Fue una tarde nublada, sin sol. A pesar de ello mi madre llegó con lentes oscuros. Era obvio que se los puso para ocultar sus ojos hinchados de tanto llorar. A mí no me extrañó en lo más mínimo. Su dolor me era familiar. Lo que sí se convirtió en una sorpresa fue que me llamara por mi nombre. Cuando iniciamos la caminata por entre las tumbas, mi madre me tomó firmemente del brazo y me dijo: "No me sueltes, Lluvia." ¡La sentí tan vulnerable y pequeña! Me imaginé lo sola que debía sentirse al perder por segunda vez al que fuera su marido.

Al regresar del cementerio y luego de despedirme cariñosamente de Lolita, de don Chucho, de Nati y de Aurorita, cerré la puerta de la que fuera su recámara y no la abrí en una semana. No soportaba ver su cama vacía, su radio apagado, su telégrafo silencioso, su sillón desolado, desamparado, abandonado. Pasados esos siete días, la necesidad de sentir el abrazo de mi padre me hizo entrar allí y sentarme en su sillón. La recámara aún conservaba su aroma y los brazos del mullido sillón aún guardaban su calor, pero él ya no estaba. Ya nunca escucharía sus pasos que tanta tranquilidad me proporcionaban. Desde niña, cuando lo escuchaba llegar a casa sabía que ya todo iba a estar bien, que cualquier problema con su simple presencia se iba a aminorar. Ahora todo eso ya había terminado.

Recordé la tremenda experiencia que fue verlo morir. Estar a su lado al momento en que partía. Yo pensaba que estaba bien preparada para enfrentarme a su muerte, pero no era cierto. Uno nunca está preparado. El misterio de la vida y de la muerte son demasiado poderosos. No hay mente que los pueda abarcar. Con trabajos entendemos lo que pasa a nivel de tercera dimensión. Sólo sabemos que los muertos ya no están, que se han ido y nos han dejado solos. Todo el que ha visto un cuerpo sin vida sabe de lo que estoy hablando.

Observar el cuerpo rígido de mi padre sobre la cama, me recordó la horrible sensación que tuve de niña, un día en que vi una marioneta colgada de un clavo, después de una función de títeres. Unos minutos antes yo la había visto hablar, bailar, caminar y de pronto, ahí estaba, inmóvil, vacía, había perdido el alma, había dejado de ser un personaje para convertirse en un trozo de madera pintado.

La diferencia entre la marioneta y mi papá era que la marioneta podía recuperar la vida en manos del titiritero y mi padre no. Ese cuerpo ya nunca iba a hablar, a moverse, a reír, a caminar. Ese cuerpo estaba muerto y yo tenía que hacerme cargo de sus pertenencias.

Preferí hacerlo de inmediato para no alargar el duelo. Abrí sus cajones y comencé a doblar su ropa, a seleccionar sus discos y sus libros. Aparté el de Virginia López y los del trío Los Panchos para mí.

De pronto, descubrí una pequeña caja que obviamente era la de sus recuerdos. La abrí despacito, con respeto. Dentro me encontré con una foto de mi madre cuando tenía como quince años de edad. Una foto mía de ovalito, de la escuela primaria. Una foto de mis hijos y una de mi hermano. Un sobrecito con rizos de bebé con una nota escrita por el puño de mi padre que decía: "Recuerdo de mi querido Ramiro." Una pequeña libreta con anotaciones sobre los fechamientos mayas y el dibujo detallado de una estela maya. Una uña para tocar la guitarra, y una cajita de cerillos. Al abrirla, descubrí en su interior el primer diente que se me cayó junto con una notita en donde mi papá anotó la fecha del evento.

Al instante recordé ese día. Mi papá me acompañó a la cama y me ayudó a poner el diente bajo mi almohada para que el ratón se lo llevara. Yo le pregunté ¿qué va a pasar con mi diente, papi? y él me respondió:

—No te preocupes, m'hijita, el ratón va a venir y se lo va a llevar pero a cambio te va a dejar dinero…

—Eso ya lo sé, pero luego ¿qué va a pasar con mi diente?

—¿Luego?

—Sí, ya que lo tenga el ratón.

—¡Ah! pues lo va a guardar en una cajita junto con sus tesoros más preciados.

—No, papi, no me entiendes, quiero saber qué le va a pasar a mi diente, ¿se va a deshacer?

—Pues… sí, pero dentro de muchos pero muchos años, se va a convertir en polvo, pero tú no te preocupes por eso ahora, métete a la cama y duérmete mi Chipi-Chipi.

Mi padre tenía razón. El "ratón" guardó mi diente entre sus tesoros más preciados y aunque aún se conserva en buen estado, sé que va a terminar por convertirse en polvo, pero faltan muchos años. Tal vez no lo voy a presenciar, pero esta reflexión, me ayudó a superar mi pena. Me quedé un buen rato pensando en el polvo. "Polvo eres y en polvo te convertirás." Todo lo que vive, termina siendo polvo. Caminamos entre polvo de alas de mariposa, de flores, de estrellas, de rocas. Respiramos polvo de uñas, de pelo, de pulmones, de corazones.

En cada minúscula partícula de polvo van trozos de memoria, noches de amor. Y en ese momento, el polvo dejó de ser para mí un signo de soledad acumulada para convertirse en todo lo contrario. En el polvo, habitaban miles de millones de presencias de seres que han poblado la Tierra. Ahí andan flotando los restos de Quetzalcóatl, de Buda, de Gandhi, de Cristo.

En el polvo navegaban restos de piel que mi papá dejó, pedacitos de sus uñas, de su pelo. Estaban regados por toda la ciudad, por todos los pueblos que recorrió con mi madre, por toda mi casa.

No sólo eso, mi padre habitaba en mi cuerpo, en el de mi hermano, en el de mis hijos, en el de mis sobrinos. Su herencia biológica y emotiva estaba presente en todos nosotros. En nuestra mente, en nuestros recuerdos, en nuestra manera de ver la vida, de reír, de hablar, de caminar.

Durante el entierro, esta reflexión me permitió darle a mi hermano un abrazo sincero, como no lo había hecho en muchos años. Y reconciliarme con la vida.

No sé si será mi deseo de estar bien lo que me hace creer firmemente que mi papá está cerca de mí. Con el correr de los días, mi vida ha vuelto a la normalidad, sin embargo, a veces, mientras realizo mis actividades cotidianas, tengo la sensación de que mi padre me acompaña y esto me llena de paz. En ocasiones percibo claramente cómo "resuena" su voz dentro de mi cabeza. Sea o no sea cierto, sé que dondequiera que se encuentre mi papá le encantará saber que he vuelto a tomar las clases de astronomía que dejé cuando me casé, que estoy aprendiendo maya y que a mi nieto, el hijo de Federico, lo primero que le voy a enseñar cuando sepa leer y escribir es la numerología maya, que su pasado no se va a perder.

Anoche tuve un sueño muy revelador. Mi papi y yo íbamos en su coche viejo, el Chevrolet 56. Nos dirigíamos a Progreso, en Yucatán. La carretera estaba llena de mariposas. Algunas se estrellaban en el vidrio. Yo iba conduciendo. De pronto, mi papi me pedía que lo dejara manejar. Al instante y sin que yo respondiera, él ya iba al volante. A pesar de saber que estaba ciego, no me daba miedo dejarlo conducir. Mi papá reía de felicidad, yo lo secundaba. Sólo en las curvas sentía un poco de temblor pues mi papá como que no giraba el volante a tiempo. Sorpresivamente, en una desviación, mi papá se seguía de frente pero en lugar de caer al vacío comenzábamos a volar. Recorríamos rápidamente varias ciudades de provincia y en todas ellas había gente que nos saludaba con la mano. Veíamos a muchos campesinos que agitaban su sombrero con mucho gusto como si nos reconocieran. Al llegar al mar, mi papi me decía "mira, Chipi-Chipi" y de inmediato se lanzaba al agua a patalear. Me sorprendía que con todo y su enfermedad de Parkinson lo pudiera hacer tan bien.

Poco a poco fui saliendo de ese sueño tan profundo, un sonido me fue despertando y me trajo de vuelta a la realidad. Era un mensaje en clave Morse que sonaba en la madera de la cabecera de mi cama que mantengo orientada al norte.

Curiosamente, me llegó el 14 de febrero. En México, aparte de celebrar el día del amor y la amistad, ese día conmemoramos a los telegrafistas, claro que de esto pocos tienen conocimiento. Los telegrafistas, esos personajes que jugaron un papel tan importante en la historia de las telecomunicaciones, están en el olvido. Entiendo que nadie quiera acordarse de don Pedro pero es una tristeza que nadie piense antes de conectarse al Internet que el telégrafo fue en su tiempo el equivalente a ese medio y que los telegrafistas contribuyeron de una manera fundamental a que ahora podamos gozar de la comunicación inmediata. Ni hablar, a veces, la vida es así de ingrata, pero no importa, lo interesante del proceso de la comunicación es que nos permite tomar conciencia de que las palabras que salen de nuestro cuerpo, ya sea en forma escrita, hablada o cantada, vuelan en el espacio cargadas del eco de otras voces que ya antes de nosotros las habían pronunciado.

Viajan por el aire bañadas de saliva de otras bocas, de vibraciones de otros oídos, del latido de miles de corazones agitados. Se cuelan hasta el centro de la memoria y ahí se quedan quietecitas hasta que un nuevo deseo las reanima y las carga de energía amorosa. Ésa es una de las cualidades de las palabras que más me conmueve, su capacidad para transmitir amor. Las palabras, al igual que el agua, son unas conductoras maravillosas de energía. La que más poder transformador tiene es la amorosa.

Todos aquellos que cambiaron su vida gracias a la ayuda de mi padre le llamaron este día para felicitarlo. Los primeros fueron Jesús y Lupita y les entristeció mucho recibir la noticia de la muerte de mi padre, el telegrafista, el que supo enlazar a miles de personas, de ilusiones, de deseos.

Eso es finalmente lo que vale, que alguien perdure en la memoria gracias al poder transformador de sus palabras. Por cierto, las que contenían mi mensaje eran éstas:

"Querida Chipi-Chipi, la muerte no existe, pero la vida, como tú la conoces, es maravillosa ¡aprovéchala! Te quiere por siempre. Tu papá."

Laura Esquivel. 15 de septiembre del año 2000.

Esta edición de 24.530 ejemplares
se terminó de imprimir el mes
de julio de 2001 en
A&M Gràfic, S. L.
Santa Perpètua de Mogoda (Barcelona)